L'incroyable histoire de Ben Jack'son

Frédéric Benkel

L'incroyable histoire de Ben Jack'son

Editions Normant

Photographies :

© Mary Marty — © Eric Ruffino

www.ben-jackson.com

Pour tout contact :
Editions Normant — 2 rue Crucy — 44005 Nantes Cedex 1
www.editions-normant.com

Ce Livre orienté sur Ben Jack'son, avec son autorisation officielle, est un roman mêlant fiction et biographie. Un récit mélangeant réel et surnaturel.

Nous espérons que le voyage saura vous distraire autant qu'il vous informera. Attachez vos ceintures et ouvrez votre cœur, la fusée va décoller.

Ce roman est naturellement dédicacé en tout premier lieu à celui que l'on surnomme, sans doute à jamais…

… le Roi de la pop.

PRÉFACE

Lorsque j'ai reçu un appel de Frédéric, l'auteur de cet ouvrage, pour m'annoncer le projet de ce livre, je me suis d'abord demandé si ma carrière n'était pas finie.

J'étais sceptique, au départ, sur la raison d'être de ce livre. Je n'avais jamais imaginé cela avant mon 60e anniversaire et encore ! Que pouvais-je raconter sur la vie d'un saltimbanque, qui use dix paires de mocassins par an pour réaliser son vieux rêve d'enfant ? Qui aurait pu avoir l'idée d'écrire un livre sur les « « pâles copies » et « vulgairement grimées », qui singent le Grand Maître ? Voilà comment sont décrits les sosies de Michael Jackson, en général.

L'idée m'a fait sourire, mais j'ai réfléchi. Après tout, je n'avais qu'à donner ma confiance à cet auteur, que j'avais déjà côtoyé plusieurs fois en trois ans… lors d'interviews presse et de conventions MJ que j'avais déjà organisées.

Mais avant cela, j'ai testé les connaissances jacksoniennes de Frédéric... en lui posant moi-même quelques questions! J'aime en effet interroger sur la carrière de Michael, lorsqu'on se présente à moi comme « grand fan de MJ ». Ces tests, les fans qui me rencontrent les redoutent parfois...

Frédéric est incontestablement un grand fan et il aura été durant nos entretiens, d'une grande aide quant à mon introspection jacksonienne. J'accepte donc son projet. J'accepte aussi de lui livrer des histoires que je n'avais jamais racontées auparavant, même sur mon site Internet! Histoires que vous allez découvrir pour la première fois dans ce livre.

Je m'appelle Ben Jack'son. Je porte ce nom depuis Août 1992. Mon nom d'artiste se compose de mon vrai nom de famille (Ben) et Jack'son avec l'apostrophe, synonyme de ma petite touche personnelle que je souhaite apporter à mon spectacle. Je souhaitais que cette apostrophe soit une marque de respect visible envers le nom de Michael Jackson, un nom que je ne voulais pas m'approprier pour mon show. Plus tard, l'entourage de Michael et sa famille, dont la manager de Michael Jackson en 2005, avaient remarqué et apprécié cette orthographe particulière. Cela m'avait touché.

Durant ces derniers mois, j'ai observé ce grand déballage d'opportunisme. Il n'a pas seulement touché la presse ou la télévision, avec des hommages à tout va. Il a aussi secoué des « fans endormis », qui se sont subitement réveillés le 25 juin. Ceux-là même qui rasaient certainement les murs lorsque Michael était la cible des médias. Ces mêmes fans qui n'avaient pas encore l'album Moving Violation et qui ignorent l'existence de Walter Yetnikoff ou Teddy Lakis.

Le lendemain de la disparition du Grand Maître, j'avais songé à stopper net ma carrière. La veille, je passais la soirée avec des amis. Je savais que Michael répétait ce soir-là au Staples Center. Je m'attendais à voir de nouvelles photos de ses sorties, sans me douter que j'allais subir une des plus grosses gifles émotionnelles de ma vie. Entre le déni, le doute et enfin l'acceptation, il m'a fallu me terrer, m'isoler pour réfléchir à ce qui venait de se produire. C'est pour cette raison que j'ai mis en berne mon site durant une semaine... et que je n'ai pas répondu aux questions des journalistes. J'étais effondré.

L'opportunisme que je voyais autour de moi me sidérait. Je n'avais pas de problème par rapport à ça, et je ne m'en défendais même pas. Car tout le monde savait que je suis la carrière de Michael Jackson depuis mon enfance. Que j'organisais mes concerts et mes Nuits Michael Jackson bien avant son décès (respectivement en octobre 2007 et avril 2009). Mais ce regain d'intérêt pour lui, et la vue de certaines têtes enfarinées et hypocrites, me faisaient douter de l'image que je donnerais si je décidais de continuer.

Or, je décidai de continuer. Je poursuis donc mon travail de « saltimbanque », en m'assurant que l'engagement des gens me paraisse le plus honnête possible. Je reste attristé quand je vois ceux qui ne s'engagent « que » maintenant, qu'ils soient sosies, fans ou grand public.

Je me suis imposé des limites depuis longtemps... Certes lorsqu'on est jeune dans le métier, on se fait toujours avoir dans des situations pas très valorisantes pour son image. Avec le temps, l'expérience et l'aide d'une production sérieuse, ce genre de chose n'arrive plus... ou presque jamais. En plus des propositions débiles (c'est le mot) que je peux recevoir et que je laisse volontiers à d'autres d'accepter... il y a l'autocensure et les limites personnelles que je me suis fixées. Par exemple, j'ai toujours refusé de tourner un clip « à la Jackson ». Se mettre en scène sur fond vert, mimer une chanson d'un ancien clip ou une chanson que Michael n'a pas exploitée à l'écran, est pour moi le pire qui puisse m'arriver ! Déjà, je trouve ça gonflé de vouloir imiter Michael Jackson sur scène... alors se prendre au jeu au point de réaliser ses propres clips ! Non là, ça va beaucoup trop loin. Voilà pourquoi je refuse de reproduire en clip les vidéos de Michael. D'abord parce que je n'en ai pas le talent, et aussi parce que c'est justement là LA limite à ne pas franchir : toucher au sacro-saint média de Michael Jackson, the King of videos.

Je veux être franc avec vous : les années de combats, ce sont aussi mes années de galère. La force et l'énergie que j'ai développées pour expliquer QUI était Michael Jackson. L'énergie que j'ai déployée pour tenter de convaincre les plus incrédules, comme un fervent militant des causes justes. L'analyse à haute voie de ses réussites et échecs, la revendication de son nom partout où je me suis produit... Quand je repense à tout cela, et quand je vois ce qui se passe aujourd'hui, je me dis que la vie est décidément très étrange !

Alors j'ai envie de dire à certains: « Où étiez-vous lorsqu'il se présentait tous les matins, titubant au tribunal de Santa Maria? Aviez-vous votre joli tee-shirt de fan dans la rue? Vous êtes-vous mobilisé pour faire votre flash mob ou autre complainte dans la rue? Avez-vous enfin acheté le Third album que vous ne trouveriez que dans un pack promo spécial? »

J'ai mal... et je suis heureux à la fois qu'il ait été si fédérateur. Hélas, nombre d'entre nous ont attendu qu'il meure pour se rendre compte des qualités humaines de l'artiste. Je suis heureux parce que j'ai fait ce qu'il fallait faire, pour lui, au bon moment. Et ça me rassure. J'ai écumé des scènes durant ses troubles judiciaires, je n'ai jamais douté de lui une seule fois. Même pas une seconde. Mes tee-shirts et mes flashs mobs à moi, je les donne sur scène depuis près de 20 ans. Les journalistes, la télé, Cauet et compagnie, parfois le grand public étaient surpris par mon engagement sans faille.

Si Michael avait vu comment le monde l'adule aujourd'hui, s'il avait pu observer de quelle façon les fans aiment l'imiter en dansant dans la rue, s'il avait pu remarquer à quel point les gens sont devenus loquaces et osent afficher Michael

Jackson sur leurs tee-shirts... eh bien, peut-être qu'il ne serait pas parti aussi vite. Dans sa solitude.

BEN JACK'SON

Si l'on considère que l'homme est apparu il y a 4 millions d'années et qu'il vivra encore 4 millions d'années, alors 99,999375 % des gens n'auront pas eu la chance de connaître Michael Jackson de son vivant.

1
Une mystérieuse rencontre

« Un célèbre journaliste de télé a déclaré un jour, dans une interview, que nul n'est irremplaçable dans une profession. Ce n'est pas le cas de Michael Jackson.

Une voix d'or, une gestuelle surprenante, un charisme hors-norme. Voilà ce que disent les livres. Le Roi de la pop a marqué l'histoire à jamais par sa musique universelle. Son rêve le plus cher était d'entrer dans la légende, d'être hors son temps. Une pensée obsédante, qui transparaissait dans l'album History. Son objectif est atteint, plus que de raison.

Tout n'a pourtant pas été rose. Il y a eu le revers de la médaille. Le prix à payer, semble-t-il, s'est traduit par une série de déboires avec la justice. Ils n'ont eu de cesse d'accabler Michael.

Cependant, ce que les gens retiennent, en finalité, c'est son art immortel. Une musique si forte qu'elle semble échapper au temps qui passe. Voilà, après, ne me demandez pas trop ce que je pense de Jackson, à vrai dire je n'adhère pas trop... »

Le professeur Georges Breïm ferma son classeur. Il inclina machinalement sa tête vers l'horloge vissée au-dessus de l'auditoire de trois cents personnes. Il expira lentement et reprit de sa voix posée : « Je vous remercie pour votre attention. La semaine prochaine, nous étudierons le destin de célèbres pharaons. Si vous avez des questions, je reste à votre disposition encore quelques minutes. »

Dix-sept heures trente. La salle se vida rapidement. Il ne restait plus que quelques élèves, en train de bavarder ou de s'échanger des feuillets. Le professeur rangea ses documents dans sa valisette, puis se leva promptement de son fauteuil. Le buste droit et le regard pensif, il se dirigea vers la sortie.

À l'orée de la porte, une silhouette attira soudain son attention. Un vieil homme, tout en haut des gradins, était dissimulé dans la pénombre. Il portait un chapeau assez large, des lunettes argentées et une veste noire opaque. Breïm se demanda dans un premier temps si ce n'était ses yeux, fatigués, qui lui jouaient un mauvais tour ! Qu'est-ce qu'un biscornu vieillard pouvait bien fabriquer dans son cours ?

« Qui êtes-vous monsieur ? Puis-je faire quelque chose pour vous ? »

Le maître de conférences se rapprocha des gradins, l'œil alerte. La silhouette restait immobile. Breïm fit de même. Les deux individus se firent face, sans piper mot, pendant au moins trois minutes. Enfin, l'être tout de noir vêtu inclina légèrement la tête. Un mouvement d'une infime délicatesse, presque imperceptible mais parfaitement détecté par le très concentré professeur. Celui-ci y vit un signe manifeste, et surtout subtil, d'une volonté de contact.

« Eh bien, le moins que l'on puisse dire, c'est que vous êtes long à la détente ! »

La longiligne silhouette se redressa, avec une agilité remarquable. Lentement, l'étranger énigmatique descendit les marches, assisté d'une canne.

« Excusez-moi, je réfléchissais.

— Vous alliez me répondre, tout de même ?

— En général, ce n'est pas plutôt l'auditoire qui vous pose des questions ici ?

— Mais vous n'êtes sûrement pas un élève, monsieur !

— On apprend toute la vie, vous savez...

— Où voulez vous en venir ?

— Oui, je suis un élève. Je n'ai jamais cessé d'être un élève. Il faut croire que c'était mon destin. »

La silhouette n'était plus qu'à quelques mètres du professeur. Les deux hommes mesuraient la même taille. Le visage de l'étranger, caché sous un épais chapeau, ne laissait entrevoir aucune expression. Son corps était fin. Un brassard pourpre entourait le bras gauche de sa veste. Un petit mouchoir blanc dépassait de sa poche haute.

« Le temps passe. Je ne veux pas vous retarder, professeur...

— Vous... vous n'êtes pas comme tout le monde.

— Je vous fais penser à Michael Jackson, c'est ça ?

— Je n'osais pas vous le dire ! Vous me faites penser à un enfant qui s'est déguisé pour aller à une kermesse !

— C'est peut-être parce qu'il y a une fête non loin d'ici, à laquelle je dois me rendre...

— Vous savez, je parle de Jackson dans mon cours parce que cela fait partie du programme. Mais je n'ai pas d'attaches particulières avec cet artiste périclitant. La période Jackson remonte à tellement longtemps maintenant...

— La star semblait pourtant interpeller vos élèves, professeur.

— À leurs yeux, il fait figure d'étrangeté appartenant au passé. Aujourd'hui, peu de gens peuvent se vanter de l'avoir vu et connu en vrai ! Vous savez, cela me fait penser à la période des derniers Poilus, sans vous offusquer. On ne peut plus parler de fans à notre époque, mais plutôt de conservateurs... N'y voyez pas un terme péjoratif. D'ailleurs, je vous remercie d'avoir assisté à ma présentation.

— Je ne voulais pas vous déranger, monsieur Breïm.

— Vous êtes venu ici pour retourner dans le passé, avec votre star favorite. Pour y retrouver une certaine mélancolie...

— J'ai des choses à vous révéler, coupa l'étranger au chapeau. J'ai vécu la période Jackson de A à Z, d'une façon très spéciale... Je crois peut-être savoir, bien que je puisse avoir des doutes, ce que pensait ce grand artiste. J'aimerais vous en parler, professeur. Si vous le permettez...

— Et pour quelle raison ?

— Parce que le moment m'est venu de dire la vérité. Pas seulement sur ce qu'il a apporté à l'histoire, mais sur ce qu'il a laissé dans le cœur de certaines personnes... Ce qu'il m'a permis de voir, de comprendre, de ressentir. J'ai touché le feu qui l'animait, monsieur Breïm. J'étais dans sa peau, j'ai fait un pacte. J'étais l'un des premiers... et puis sans doute l'un des derniers témoins. Avec votre aide, j'aimerais comprendre pourquoi j'ai fait tout cela. J'aimerais savoir qui est vraiment Jackson. Pourquoi Michael Jackson ? Ça ne peut pas être aussi simple...

— Sortons d'ici et allons dans le parc. Vous allez me raconter votre expérience. Nous avons à discuter. »

Le professeur Breïm sortit de la salle, talonné par son mystérieux accompagnateur. Le soleil commençait à se coucher. Les couloirs étaient silencieux. Leurs pas résonnaient comme dans une cathédrale. Breïm sortit une cigarette de sa poche et la posa machinalement sur ses lèvres. Il fouilla sa veste dans l'espoir d'y trouver un briquet. L'étranger lui tapota alors l'épaule.

« C'est cela que vous cherchez ?

— Ho, merci pour les allumettes ! Puis-je vous proposer une cigarette ?

— Je ne fume pas.

— Alors comment se fait-il que vous ayez sur vous... un paquet d'allumettes ?

— C'était au cas où vous en auriez besoin.

— Certes. »

Breïm stoppa la discussion, de peur de griller trop de cartouches avant l'entretien improvisé. Le personnage au chapeau noir l'intriguait un peu plus chaque seconde. Il dégageait une aura singulière, une énergie inexplicable qui ne le laissait pas insensible. Il voulait sciemment en savoir plus, et n'allait pas se contenter d'une allumette ni de clopinettes ! Le professeur salua en marchant quelques élèves, d'un discret mouvement de tête. Il était embarrassé par la présence de son accompagnateur. Comme s'il était suivi par une bête de cirque. Évidemment, il tâchait de ne pas trop le lui montrer.

À la fin du long corridor, Breïm descendit quelques marches et se dirigea vers un banc en retrait. Il était posté sous un arbre aux branches épaisses, à l'abri des regards indiscrets. Le professeur invita l'inconnu à s'asseoir. Le banc en bois était scindé en deux, par sa sacoche de travail. Breïm toussota, sa respiration devint un peu plus nerveuse. L'inconnu ôta ses lunettes et prit la parole d'une voie posée.

« Je m'appelle Ben.

— Enchanté Ben. Moi, c'est Georges !

— J'ai bien apprécié votre cours. La partie articulée sur Jackson, surtout.

— La partie articulée sur Jackson ? Mais je n'ai parlé que de lui aujourd'hui !

— Hum... c'est bien ce qui me semblait, passé deux heures de soliloque.

— Jackson fait partie du programme. Il s'est éteint il y a près de 50 ans. Il est emprisonné dans le passé, c'est pour cela qu'on en parle dans les modules d'histoire.

— Il fait partie du passé, vous en êtes sûr ?

— Bien évidemment ! Il n'est plus là. Sans vous offusquer, on écoute sa musique d'une façon sporadique. Il n'y a plus de période Jackson, c'est fini. Il y a eu certes une effervescence les dix ans qui ont suivi sa mort, les albums post-mortem, les soirées dans les lieux branchés, les shows hommages... Mais depuis 40 ans, c'est le calme plat et c'est normal. Comme la mer morte, vous savez.

— Déjà, on ne dit pas Jackson, mais Michael Jackson !

Des oiseaux se mirent à bruyamment s'envoler à cet instant, provoquant un mystérieux simulacre d'applaudissements.

— Mais...

— Ensuite, il ne fait pas partie du passé, car moi, j'y pense tous les jours !

— C'est une obsession ?

— Non, une forme d'amour. »

Ben se tut quelques instants et baissa les yeux. Comme pour voiler avec pudeur de vives émotions. Le vieil homme de presque 90 ans ne faisait pas son âge. À vrai dire, il ne faisait pas d'âge du tout. L'expression de son visage renvoyait distinctement à celui de Jackson, presque trait pour trait. Si le Roi de la pop avait vécu vieux, il lui aurait ressemblé à s'y méprendre. Breïm examina du coin de l'œil son faciès harmonieusement ciselé. L'étranger reprit la parole :

« J'ai fait le choix, un jour dans ma vie, d'aimer un homme qui n'était pas de ma famille. Qui n'était pas un ami. Qui ne me connaissait même pas, à vrai dire !

— Et quel est l'intérêt de tout cela ?

— Il n'y a pas toujours de finalité, dans la vie. Pourquoi y en aurait-il une, au bout du compte ? Pourquoi faudrait-il se justifier d'aimer quelqu'un qu'on ne connaît pas physiquement, alors même que le sentiment d'amour est indéfinissable ? Irraisonnable ?

— Pourquoi me dites-vous tout cela, Ben ?

— Parce qu'aujourd'hui, comme tout homme qui arrive à la fin de sa vie, j'ai des doutes, professeur. Le doute de me dire que Michael Jackson était peut-être du vent. Un vent de paillettes dorées certes, mais un vent quand même. Ethéré, éphémère. Que tout ce qu'il nous a donné n'a servi à rien. Que je suis dans le faux depuis des décennies...

— Affligeant !

— Mais le doute aussi, ou plutôt l'espoir, de penser que j'ai peut-être bien fait de toujours le soutenir contre vents et marées. De croire en ses valeurs, de penser qu'il était un messager, de l'imaginer comme un soldat de la paix. L'envie de penser très fort que ma carrière de sosie professionnel a été le meilleur choix que j'ai pu faire. Le plaisir de me rappeler d'avoir rendu heureux quelques instants des milliers de personnes, juste parce que j'ai mis le masque de leur super-héros préféré. Michael Jackson avait des superpouvoirs, vous savez. Il claquait des doigts et des flammes apparaissaient. Il jetait un regard et des faisceaux de lumières rayonnaient ! J'ai fait tout cela, moi aussi. J'adorais ça. Mais je le faisais pour divertir les autres. Car au fond de moi, je savais que je n'avais pas de superpouvoirs...

— Vous avez en tout cas le don d'intriguer un professeur qui n'est, par essence, pas fan de Jackson !

— C'est justement parce que vous n'êtes pas fan, que je voulais m'entretenir avec vous. Ça serait trop facile sinon.

— Vous me pensez vraiment capable de vous aider à trouver ces réponses cachées en vous ?

— Vous savez des choses sur Michael Jackson, professeur, que je ne sais pas. Vous avez fait des recherches sur lui pendant des années, j'ai lu cela dans la presse. Vous avez découvert des éléments troublants jamais révélés... Quand on s'intéresse autant à quelqu'un, c'est qu'il ne vous laisse pas indifférent.

— Je... je n'aime pas Michael Jackson, je vous l'ai dit ! rétorqua le professeur. Je n'aime pas sa musique, je n'aime pas ses excentricités, son dédain à peine camouflé vis-à-vis des gens. Ce gars était fou. Génial, je l'admets, mais fou.

— C'est votre conclusion, après des années d'investigation et de recherches ? Fou ?

— Je n'ai pas encore émis de conclusion sur mon dossier. Mais j'y pense au quotidien.

— Ce qui est différent fait peur, c'est bien connu professeur. Alors pourquoi ne vous fais-je pas peur, moi ?

— Parce que... on discute. Vous me semblez pour le moment être quelqu'un de normal. Excentrique, mais normal.

— Avant d'émettre des hypothèses sur un individu que vous ne connaissez pas, réfléchissez. Avant de le juger, essayez de l'aimer et de le connaître. Rencontrez-le, parlez avec lui.

— C'est naturellement impossible aujourd'hui avec Michael Jackson !

— Alors, laissez-lui le bénéfice du doute. Car lui, il vous l'aurait sans nul doute laissé. »

Ben se leva et regarda le soleil se coucher. Un vent frais commençait à se lever. « Vous voyez professeur, le soleil disparaît. On ne voit plus l'astre solaire, cela ne veut pas dire qu'il n'est plus là et qu'il n'existe pas. »

Le professeur ouvrit sa sacoche et sortit un bloc-notes puis un crayon.

« Ben, j'apprécie notre rencontre, malgré nos divergences. Racontez-moi votre vie, comment vous êtes devenu fan de Michael Jackson. De quelle façon vous êtes devenu ensuite un imitateur de renom ! Je souhaite le savoir, pour finaliser ma thèse. Mon dossier sera complet grâce à vous. C'est une évidence. En contrepartie, je vous révélerai ensuite ce que j'ai appris d'inédit, sur ce personnage historique. Vous serez le seul à le savoir, avec moi.

— Très bien, si vous insistez. J'espère comprendre pourquoi j'ai fait tout cela.

— Et moi, j'aimerais que vous me donniez un autre éclairage, celui de votre scène, pour parachever les 377 pages que j'ai écrit sur lui.

— Très bien. Alors, voici pour VOUS, mon histoire… »

2
BILLIE JEAN BOY

« Je suis né 13 avril 1974 à Nantua dans l'Ain. J'ai une sœur, plus jeune que moi. Mon père travaillait à l'usine dans une imprimerie, avec ma mère. Elle faisait de temps à autre aussi des ménages. Je suis devenu fan de Michael en 1979, précisément un mercredi où je n'avais pas école. J'avais 5 ans et j'étais à la maternelle. Ma mère avait acheté le 45 tours de « Dont stop til you get enough ». J'ai écouté la musique, je m'amusais à danser dessus. Cela faisait sourire ma famille. Quelques semaines plus tard, j'ai vu le clip en couleur sur une petite télé. Je trouvais ça incroyable. Ma première émotion de fan date de ce moment-là. La période disco m'intéressait aussi, mais à cette période, parler de Michael était rare. En 1982, l'album Thriller sort. Les premiers clips et premiers magazines aussi. J'étais le seul garçon de la famille. On m'avait permis de mettre à l'âge de 9 ans un poster de « Beat it » dans le salon. Mes parents appréciaient Jackson, ça me facilitait la tâche ! Le premier disque acheté a été « Off the wall ». Ma sœur est devenue fan de Michael aussi, mais moins que moi.

Ce que je préférais chez Michael Jackson, c'était surtout sa musique. Je dois sans doute avoir des neurones spéciaux réceptifs au son Jackson. Le violon qui descend en cascade, les bruits de basses... L'image de MJ est venue bien après. Je trouvais cet homme magique, déambulant dans un décorum d'étoiles. Ma passion pour cet artiste n'a cessé de grimper, d'année en année. J'avais tapissé ma chambre de nombreux posters.

Mes parents, qui avaient un revenu modeste, faisaient de leur mieux pour bien nous éduquer. Ils s'assuraient qu'on ne manque de rien. Je me déplaçais à vélo dans mon quartier, pour acheter un magazine sur Jackson ou un CD. Je ne gaspillais pas un sou, j'achetais l'essentiel. Je nourrissais ma passion dès que je le pouvais. Je la vivais d'une façon solitaire. D'une part parce que j'étais timide, d'autre part parce qu'à l'époque, il n'y avait pas les outils tels que l'internet pour communiquer. C'est au collège, en classe de 3e à l'âge de 15 ans, que ma vie a basculé à jamais... »

Lundi 18 janvier 1988, 07 h 07. Le réveil résonna dans la pièce. Ben ouvrit les yeux lentement. Sous son oreiller, il remarqua une clef noire. Il y avait aussi quelques pièces de monnaie, un poster de Jackson, des fournitures scolaires, un livre de Jean-Paul Sartre et une vidéo du film Daryl posés sur le drap ! Le jeune garçon retira le tout du matelas et rangea tous les éléments dans un tiroir. Comme tous les matins, il s'étira toutes les vertèbres une à une. Il enfila ensuite un tee-shirt et se dirigea vers la salle à manger. Il prit gare de pas glisser sur un classeur et autres fournitures scolaires amoncelées au sol. La pièce était éclairée par les premiers rayons du soleil. Le parquet grinçait, comme congestionné par le froid hivernal qui envahissait la maison malgré le chauffage.

Comme chaque matin, le jeune garçon accomplissait son rituel : déguster un bol de *Corn flakes* en écoutant « en sourdine » du Michael Jackson. Le son, réglé sur volume minimum, suffisait à lui donner le sourire. À vrai dire, Ben n'entendait presque rien. Mais c'était psychologique : il y avait du Jackson qui palpitait dans le radiocassette, cela suffisait à le rendre heureux. Il connaissait chaque morceau, chaque note, chaque tempo. Ben s'amusait parfois même à manger en rythme ses *Corn flakes*. Pas de doute, il avait le son dans la peau.

7 h 40, l'heure d'aller au collège. Le jeune garçon ferma la porte d'entrée et bondit sur son vélo givré par le froid. Le ciel était voilé par une épaisse couche de nuages blanchâtres. Une fine neige tombait continuellement dans les rues. Ben avait enfilé un gros pull noir, une bonne paire de moufles et un bonnet. Il ne risquait donc pas d'attraper un rhume sur le trajet.

Chaque matin sur le chemin, Ben croisait invariablement les mêmes personnes. Le poissonnier qui réceptionnait ses colis, les éboueurs qui vidaient les containers, les mamans qui amenaient leurs enfants à l'école, quelques potes du collège. Ben pédalait assez vite, pour se donner quelques frissons additionnels avant de rentrer en classe. Il zigzaguait entre les bancs, dérapait sur les bouches d'égout… Il se créait chaque jour un nouveau circuit stimulant, dans un paysage familier qu'il connaissait bien. Le jeune garçon ne prenait toutefois jamais de risques. Pas question de franchir un feu rouge ou de faire des vrilles sur les passages piétons. Sur le chemin, des individus lui faisaient signe. Ben répondait par un petit coup de klaxon. Il n'avait pas le temps de s'arrêter pour discuter, car il ne voulait décemment pas arriver en retard. Bon élève, il ne souhaitait pas faire « mauvaise figure » auprès des professeurs et collégiens.

7 h 59. Le jeune garçon arriva pile poil à l'heure au collège Xavier Bichat. Il franchit l'impressionnant portail et parqua son vélo dans la zone appropriée. Il déboula ensuite sur le parvis principal. La sonnerie retentit. Des jeunes gens bousculèrent son cartable. Ben aperçut dans la foule la file indienne composant sa classe. Par chance, elle n'était pas encore montée. Il rejoignit ses camarades calmement, sans s'exprimer. La classe avança comme une petite troupe au premier étage, pour assister au cours d'histoire.

La salle était relativement spacieuse. Les murs étiolés par le temps. Le tableau noir rongé par de vieilles traces de craies. Ben posa son cartable sur le rebord de son bureau habituel. Il était assis au fond de la salle, dans une place discrète près d'une fenêtre embuée. À sa gauche, était située sa meilleure amie Géraldine et à sa droite son meilleur ami Cédric.

Le professeur d'histoire ouvrit la porte de la salle. Il salua la classe d'un ton sérieux, mais pas nécessairement condescendant. Les élèves, tous levés, le saluèrent à leur tour à l'unisson. Le calme, trop apparent pour être honnête, laissait supposer que bien des élèves étaient encore somnolents !

« Dans les années 1980-1990, les élèves avaient plus de respect pour les professeurs. Certes, il y avait par moments du chahut, on ne frappait plus les doigts à la règle… mais l'ambiance était plus studieuse qu'aujourd'hui. Il y avait plus de considération pour les anciens. Aujourd'hui, je constate que ce n'est plus la même époque. Les élèves ne respectent pas assez les professeurs. Les échanges sont difficiles. Pendant mes spectacles, je suis même choqué de voir comment certains enfants répondent à leurs parents. Étant enfant, je ne me suis jamais permis d'invectiver mon père ou ma mère. À vrai dire, je n'y pensais même pas. Ma mère était attentive et mon père strict mais juste. Je n'étais pas tout le temps en accord avec eux, mais j'évitais tout rapport de force. Et eux aussi. Je préférais nettement le dialogue aux disputes. Même quand on me criait dessus, que ce soit mes camarades ou des adultes, je choisissais de rester calme. J'aurais bien aimé retrouver ce respect au sein des rapports humains, aujourd'hui. Au moins un minimum. Que les jeunes, de toutes origines sociales, respectent davantage les anciens qui ont forcément plus d'expérience… »

Le professeur d'histoire fit l'appel. Il examina ensuite la classe en fronçant les sourcils. Il lança :

« Aujourd'hui, nous allons parler de l'Égypte ancienne. Qui peut me dire ici ce qu'il sait sur les pharaons ? Ben, je suis sûr que tu souhaites t'exprimer sur le sujet !

— Moi ? Mais vous voulez que je dise quoi ? On n'a pas encore étudié la leçon.

— Tu as l'air plus réveillé que les autres et tu as de bonnes notes. Tes propos devraient sans doute aider certains de tes camarades à revenir en classe... »

L'assistance se mit à rire, le jeune homme à rougir. Il ne savait pas comment interpréter les propos du professeur. Était-ce une moquerie contre lui ? Ou plutôt une critique envers ses camarades ? Dans le doute, Ben préféra passer à l'action plutôt que de cogiter. Il n'aimait pas qu'on l'observe, complexé par son « problème d'acné » encollé sur son visage comme une toile d'araignée.

Le professeur reprit la parole avant même que le jeune garçon n'adresse un mot.

« Silence ! Je ne vous ai pas demandé de rire ! Ce n'est pas Ben que je critiquais, mais plutôt une bonne moitié d'entre vous. Non seulement vous n'êtes pas attentifs, mais en plus vous interprétez la situation à l'envers. Quand vous serez adultes, veillez à ne pas vous accommoder d'un tel comportement ! N'écoutez pas simplement ce que vous avez envie d'entendre !

— Votre réflexion, là, elle fait partie de votre programme d'histoire, monsieur ? exhorta Jean, blondinet distinctement arrogant situé au milieu de la classe.

— Parfaitement ! Je vous raconte l'histoire, je vous dévoile les faits. Après, c'est votre jugement qui entre en compte. On construit l'avenir en se basant sur le passé. L'interprétation est donc très importante, car il n'y a pas tout le temps des entités manichéennes. Il n'y a pas tout le temps, dans les guerres, de vrais gentils et de vrais méchants. L'histoire est beaucoup plus compliquée que ça. On écrit tous les jours une page du monde. Et si on passe à côté de la vérité, d'une vérité, alors on peut commettre des méfaits par manque de réflexion...

— Il n'y a donc pas de vrais héros et de méchants sanguinaires ? reprend Camille, une élève.

— Je ne suis pas un anthropologue, je ne saurais vous répondre. Ce que je peux vous dire, c'est qu'il y a toujours les conséquences d'un choix, un moment donné, derrière le destin de certains individus. Il y a un instant précis ou les choses basculent. Parfois d'une mauvaise façon, par manque de vigilance. Mais la nature humaine est si complexe... Ben, j'en reviens à toi. Qu'est-ce que le mot pharaon t'évoque ?

— Les pharaons, ce sont des personnes qui ont eu suffisamment de charisme pour convaincre tout un peuple de bâtir des pyramides ! Et cela, pour des raisons que j'ignore ! »

Nombre d'élèves se mirent à rire. D'autres à applaudir. D'autres encore à siffler. Ben avait simplement dit ce qu'il pensait. Il ne voulait surtout pas déclencher du raffut, juste après le sermon du professeur. Il était donc très gêné.

« Bien Ben. C'est ce que tu penses des pharaons. Mais veux-tu savoir pour quelles raisons ce sont devenues des divinités vivantes en Égypte ?

— Oui, bien sûr.

— Eh bien, parce que les êtres humains ont toujours besoin d'une entité supérieure. C'est dans nos gènes. À chaque époque, il y a des prophètes, des monarques, des empereurs... c'est pour nous rassurer. Certains de ces individus ont profité de la condition humaine, de sa psychologie tortueuse, du phénomène d'assuétude envers une force au-dessus, pour se consacrer roi.

— Ce sont des opportunistes alors ! jeta une voix au fond de la classe.

— Ne devient pas chef d'une nation qui veut ! Fort heureusement, il y a eu des gouverneurs qui ont eu du charisme. Mais la sacralisation de leur règne est, à mon sens, une illusion qu'ils répandaient comme du miel dans une ruche. Une illusion pour le peuple, mais aussi pour celui qui en était son instigateur. Le philosophe Descartes appelait cette illusion incontournable *le mauvais génie*. On en est tous victime, un jour où l'autre. Je vous le dis, il n'y a rien de surnaturel dans l'histoire.

— Ça, c'est votre interprétation de l'histoire, professeur ! N'est-ce pas ?

— Oui Ben. Mais je ne serai jamais là pour vous forcer à penser comme moi. Je vous donne mon opinion, vous avez la vôtre ! Les pharaons n'avaient pas de pouvoirs magiques, contrairement aux propos de certains écrits.

— Alors pourquoi certains textes d'époque affirment le contraire ? reprit Cédric, le voisin de Ben.

— Je ne pense pas qu'un individu puisse avoir des dons divins. Tout cela, ce sont des légendes. Après, chacun est libre de les croire ou pas. Si ce type d'individu hors-norme existait à notre époque, il dérangerait autant qu'il exalterait des foules entières. Mais là encore, il faudrait ne jamais oublier le précepte de la grande illusion. Le *mauvais génie* de Descartes… À moins d'attendre la fin de sa vie, les dernières minutes où, paraît-il, la vérité éclate enfin, pliant sous le poids de la sagesse et de l'âge.

— Alors j'attendrai d'être très vieux pour comprendre certaines choses... explique Ben.

— Très bien ! Bon, je ferme la parabole. Ouvrez vos cahiers, nous allons entamer la leçon. »

10 h 00. L'heure de la récré. Le professeur d'histoire s'éclipsa en direction de la salle des professeurs. Dans l'ensemble, il était assez apprécié par la communauté des élèves. Ses cours étant vivants et engagés. Ce parti pris assumé lui permettait de capter l'attention des collégiens. Il grossissait volontairement les traits de son personnage, tout en prenant garde d'éviter de tomber dans la caricature. Son côté théâtral, qui tranchait avec ses homologues, déstabilisait quelques jeunes têtes pensantes. L'homme s'amusait-il avec son auditoire ou pensait-il vraiment tout ce qu'il formulait ? Difficile de le savoir ! À lui tout seul, il aurait pu faire l'objet d'un cours.

Ben sortit de la salle en solitaire. Le jeune garçon s'amusait à glisser discrètement les pieds sur le sol vitreux. Il aimait tester des glissades sur tout type de matières. L'asphalte, le marbre, le poreux, le dur, le rugueux... Il n'y avait sans doute que la Lune qu'il n'avait pas froissée de ses pas ! En général, on découvre la matière en touchant avec ses mains. Pas Ben. Il expérimentait avec ses pieds. Ceci était chez lui comme une sorte de manie, d'excentricité qui le faisait passer parfois pour un extraterrestre. Ce n'est d'ailleurs pas un hasard si on l'appelait E.T. ! Personne ne comprenait les raisons pour lesquelles il exécutait ce genre de mouvements. Il n'était pas toujours discret, trop passionné sans doute par les impulsions de « slide » qu'il déployait dans l'ombre.

Géraldine, sa meilleure amie, coupa net son élan dans le couloir. Ben tomba au sol, entraîné par un mauvais mouvement. Cela le fit sourire, Géraldine aussi. La demoiselle aux cheveux d'or et aux yeux d'ivoire lui tendit la main pour se relever.

« Tu ne t'es pas fait mal ?

— Non, ça va ! Ça m'arrive souvent de chuter.

— Pourquoi fais-tu ça, Ben ?

— Ça quoi ?

— Ces mouvements bizarres, dans le couloir ?

— Je ne sais pas vraiment. J'aime bien les faire, voilà tout !

— Avec tes longues jambes, tu donnes l'impression de flotter au-dessus du sol, c'est bien fait, j'adore !

— Merci. C'est gentil Géraldine.

— Ben, faut que je te dise un truc qui pourrait t'intéresser. Dans un peu plus d'une semaine, le 28 janvier, des profs organisent au collège la fête de Charlemagne. Y aura une grande « répète » le 26 janvier. C'est le prof de latin qui chapeaute le tout. Y aura beaucoup de parents et d'élèves le jour J. Moi, je vais participer dans un sketch. Ça te dirait de contribuer à la fête ?

— Je n'aime pas spécialement Charlemagne !

— On s'en fiche de ça. Ce qui compte, c'est qu'un maximum de collégiens propose des choses. En groupe ou pas. Tu pourrais faire du mime dans un café-théâtre, par exemple !

— Je ne sais pas chanter, je ne suis pas comédien, je ne vais rien apporter.

— Allez, viens avec moi. On va voir le professeur de latin.

— Je t'accompagne, mais c'est vraiment pour te faire plaisir ! »

Les deux jeunes gens se dirigèrent vers la salle de latin. À l'intérieur, un homme assez grand et barbu était en train de discuter avec un groupe de cinq jeunes filles. Gérardine s'approcha de l'instituteur quand celui-ci fut libre, tirant Ben par la manche. Le professeur fronça les sourcils.

« Bonjour professeur ! Nous venons vous voir pour la fête de Charlemagne.

— Bonjour à vous deux, répliqua-t-il en se grattant le menton.

— Je peux distribuer des affichettes si vous voulez ! lança Ben, avant même de savoir ce qu'allait lui dire le professeur.

— C'est tout ce que vous avez trouvé à me dire, jeune homme ? Je sais ce que vous fabriquez pendant mon cours !

— Comment ça ?

— Quand j'ai le dos tourné, vous vous levez au fond de la classe et vous vous mettez à danser pendant quelques secondes !

— Je suis désolé professeur ! Je...

— Mais paraît-il, vous faites cela très bien.

— Il fait des mouvements incroyables au sol, professeur, appuya Géraldine.

— Vous avez de bonnes notes, curieusement, pour quelqu'un qui fait le pitre au fond de la salle. Ce spectacle sera un petit événement dans la vie de notre collège. Voire même en ville, dans une moindre mesure. Monsieur le maire devrait venir. J'aimerais que vous me prépariez un numéro de danse, Ben. Cela compensera quelque peu vos écueils !

— Danser, moi ? Mais je ne suis pas danseur !

— Eh bien, vous avez jusqu'au 26 janvier, date de la répétition, pour me trouver une prestation ! Ça vous changera des représentations express que vous effectuez pendant mes cours. Faites les choses à fond pour une fois, je vous en donne la permission.

— Merci monsieur ! Génial ! Ben, tu as entendu ? Tu fais partie du spectacle !

— Oui j'ai entendu. C'est en fait la dernière chose que je voulais entendre... Me produire devant cent personnes.

— Il y en aura 500, Ben ! lança le professeur avant que la cloche ne retentisse.

— J'ai mal au ventre. »

Ben rentra chez lui à 17 h 30. Sa mère et sa sœur étaient déjà à la maison. Elles étaient en train de préparer pour le soir une spécialité tunisienne, pour faire plaisir au chef de famille. La télé passait un vieux film en noir et blanc des années soixante. Ben salua d'un geste sa mère et sa sœur, puis s'enferma ensuite dans sa chambre.

« Y a eu un problème Ben aujourd'hui en cours ? lança à haute voix sa mère, entre deux portes.

— Nan maman, c'est rien. J'ai beaucoup de travail.

— C'est bien mon fils. Travaille ! Ton père sera fier de toi ! Tu sais, les études c'est important. »

Ben s'étendit sur son lit et observa son reflet dans la fenêtre face à lui. Elle faisait office de miroir. Chaque soir, depuis des années, il s'entraînait à danser devant. Il affûtait ses pas, perfectionnait ses mouvements de glissades, des « slides » comme on dit dans le jargon. Il contorsionnait son corps longiligne comme un pantin, allongeait ses bras comme un danseur né... et lâchait ses pieds en avant comme Michael. Toutefois, il n'était pas très satisfait de ses mouvements de danse. Pour lui, cela manquait d'énergie, de magie. Il manquait un truc...

Il fallut très peu de temps au jeune garçon pour prendre conscience de la flamme qui l'animait : une envie irrépressible de danser comme Michael Jackson. Parce que « c'était bon ! », comme il aimait le dire à sa sœur. Parce qu'il avait « sa musique dans la peau, si on ne tient pas compte de mon visage placardé de boutons ! »

Ben prit conscience, très vite, de ce qu'il souhaitait proposer le jour du spectacle... Cependant, il n'osait à vrai dire pas se l'avouer à lui-même ! Lui qui était si timide habituellement, comment pouvait-il imaginer danser sur du Michael Jackson devant 500 personnes ? « C'est impossible, je n'y arriverai jamais ! » Et pourtant, si ses pieds pouvaient parler, ils lui auraient dit le contraire.

Ben éteignit la lumière et s'endormit en songeant à sa star favorite. « Michael, lui, n'aurait eu aucune gêne à danser devant tout le collège, si on l'avait invité ! », s'imaginait-il. Alors pour réussir son pari, il savait ce qu'il lui restait à faire : « oublier tout et devenir Michael ». Et, surtout, « trouver d'excellentes paires de mocassins »...

J -7 avant la fête de Charlemagne. Ben cogita sur sa « potentielle prestation » durant tout le cours de science. Il ne savait pas vraiment par où commencer. Se donner en spectacle devant cinq cents personnes représentait pour lui un défi de taille ! Une montagne dont on ne distinguait pas le sommet. Il y avait une grande différence entre se toucher l'entrejambe dans la chambre et capter l'attention d'une foule sur une scène.

« C'est impossible !

— Bravo Ben !

— Heu... excusez-moi madame. Je parlais à voix haute en fait.

— Effectivement, c'est impossible de geler cette solution avec ces deux agents actifs. Je vous mets un A bonus, car vous avez répondu spontanément.

— Mais madame... Bon OK ! »

Cédric se tourna vers son voisin et lui chuchota à l'oreille.

« C'est bien d'être spontané comme ça Ben ! Mais là, je n'ai pas tout suivi !

— Je pensais à autre chose et j'ai parlé à voix haute.

— Tu pensais à quoi exactement ?

— La fête de Charlemagne, tu sais...

— Je n'aime pas Charlemagne ! murmura Cédric. Elle est stupide cette fête, personne n'aime Charlemagne, à part les profs ! Tu fêterais l'arrivée des impôts, toi ? Ou la fin des vacances ?

— Oui t'as raison comme presque toujours, mais ce n'est pas le problème ! Géraldine m'a amené voir le prof de latin. Il organise un spectacle. Il m'a demandé de préparer un show !

— C'est chaud !

— C'est ce que je dis !

— Vous pouvez vous taire tous les deux au fond, s'il vous plaît ! maugréa la petite dame en blouse blanche. Ou alors je vous supprime votre A !

— Ça serait dommage, il est « collector » celui-là, balbutia Ben.

— On parle de ton projet à la fin du cours, fit Cédric. J'ai des idées. »

Le cours de science passa très lentement, ce qui permit à Ben de réfléchir en détail sur sa future prestation scénique. Et puis maintenant qu'il avait eu un A, il pouvait rester en retrait un bon moment sans qu'on ne l'interpelle !

Le jeune garçon passa en revue dans sa tête tous les clips, toutes les chansons de son idole qu'il connaissait par cœur. Il revisionnait le « Bad Tour », les mimiques de la star, ses pas de danses improbables, ses grimaces… À lui tout seul, Michael Jackson était un effet scénique. Il n'avait à vrai dire pas besoin d'artifices pour briller. La danse, la musique, Michael. Un trio magique qui semait le bonheur, répandait la gloire et récoltait les applaudissements. Ben se remémora aussi le passage télé de l'émission Motown 25 (25 mars 1983, 50 millions de téléspectateurs). La prestation « live » incroyable de « Billie Jean » et surtout son Moonwalk. Quelques minutes hors du temps, qui marquèrent à jamais l'histoire de la musique. Il revoyait son héros exécuter les fameux « pas lunaires ». Tous ces mouvements, Ben les connaissaient sur le bout des pieds. Il était capable de reproduire à n'importe quel moment toute la chorégraphie. Présenter un spectacle basé sur Michael Jackson devenait donc incontournable. Mais avait-il le niveau de qualité requis pour danser devant une foule ?

Comme promis après le cours, Cédric invita Ben à discuter du spectacle. Les deux jeunes garçons entrèrent dans un pub situé aux abords du collège. Ben était assis juste en face d'une télé qui diffusait des clips, Cédric était avachi en face d'un groupe de trois jolies jeunes filles.

« Hey, regarde ! Quelle coïncidence ! »

Un vidéoclip de Michael Jackson se mit à passer sur le poste, par le plus grand des hasards. Il s'agissait de « Bad », alors en pleine campagne promo. Toutes les filles du bar dévissèrent leur cou en direction de l'écran télé. Les commentaires, plutôt élogieux, fusèrent.

« Il est super-sexy Michael ! Waouh !

— J'adore le voir habillé en méchant !

— C'est vraiment Michael ça ? Il était noir il y a quatre ans, on ne peut pas devenir blanc comme ça ! »

Un grand gaillard vêtu d'une chic chemise lança un glaçon sur la télé.

« Doucement jeune homme ! fit le barman. Ou vous sortez !

— Ne vous en faites pas monsieur, j'allais de toute façon partir plutôt que de voir ce consternant spectacle. C'est une tarlouze ce Michael. »

Ben n'avait pas vu, ni écouté la scène. Fort heureusement. Car il était captivé, hypnotisé par le vidéoclip. Il lança l'un de ses plus radieux sourires, puis se mit à claquer des doigts tout en remuant le corps. Cédric sourit aussi et se mit à taper en rythme sur la table.

« Ben, je veux que tu imites Jackson à la fête de Charlemagne !

— Je le souhaite aussi, Cédric. Tu m'as toujours donné de bons conseils. Je suis sûr que tu as raison, c'est une bonne chose. Mais comment puis-je m'y prendre ?

— Hein, quoi ?

— Hey, je te parle ! Tu regardes les filles devant toi ou tu m'écoutes ?

— Je fais les deux.

— Je suis sérieux Cédric !

— Moi aussi Benny ! Tu le sais bien, je suis capable de faire plusieurs choses en même temps. Je suis surdoué, je ne fais pas exprès, je suis né comme ça. Comme toi qui es né avec un don pour imiter parfaitement Michael.

— Je n'imite pas exactement Michael, ce n'est pas vrai ! Je singe ses mouvements du mieux possible. Parce que j'aime danser sur sa musique. J'ai travaillé dessus des dizaines d'heures.

— Oui, mais tu le fais mieux que tout le monde ici. Je t'ai vu bouger sous le préau, y a deux semaines. T'as improvisé des mouvements dingues. Pour toi, ça te semble simple à réaliser. Pour nous, c'est impossible à reproduire ! C'est un don qu'on t'a donné mec.

— Ce don, comme tu dis, il ne me servira à rien de constructif dans la vie. Ce n'est pas comme faire de la peinture, chanter, être auteur… Je ne crée pas, je reproduis. C'est rien !

— Chaque don a un sens, une utilité sur Terre. On a tous un truc spécial en nous… mais tout le monde ne naît pas avec un don. Un vrai don. Le tien te servira forcément un jour, pour construire quelque chose. Il aura forcément une utilité. On ne peut pas encore le savoir aujourd'hui, c'est trop tôt.

— Cédric, j'ai vraiment envie d'imiter Michael, mais j'ai besoin de ton aide. Je n'y arriverai pas tout seul.

— Je vais t'aider à réaliser ton spectacle Ben. Et tu sais quoi, tu vas la démonter ! Heu démonter pardon.

— Pourquoi regardes-tu encore les filles quand tu me parles ?

— Nan, mais je t'écoute ! Je t'assure, je t'écoute ! »

Ben se tourna vers le groupe de jeunes filles et regarda discrètement chacune d'entre elles.

« C'est laquelle qui te plaît le plus ?

— Julia, la brune là. Elle est canon. Tu ne trouves pas ?

— Ça va, elle est pas mal.

— Comment fais-tu pour rester de marbre comme cela ?

— J'ai le dos tourné, ce n'est pas très pratique pour regarder ! ironisa Ben.

— Moi, en tout cas, elle me fait un effet monstre la Julia ! Salut Julia ! Julia ? Pourquoi ne me réponds-tu pas ?

— Sans vouloir t'offusquer Cédric, il semble qu'en fait, pour elle là, tu n'existes pas. Te répondre n'aurait donc aucun sens.

— Ouais c'est ça, je n'existe pas. Eh bien tu sais quoi, je vais monter sur scène avec toi et me déchaîner sur mon synthé. On verra après, si je n'existe toujours pas !

— OK, tu montes sur scène avec moi ! Ça serait parfait comme cela !

— Voilà, on va casser la baraque Ben. Amène ta fraise et tes « mocass'» ce soir chez moi, on va répéter dans mon parking.

— T'es génial ! À tout à l'heure !

— Oui, viens à 20 heures. Tu m'excuseras si j'ai une éventuelle demi-heure de retard. Ça pourra être cause d'un potentiel rencart…

— Je viendrai une demi-heure avant à 19 h 30. Car j'ai couvre-feu à 22 heures.

— T'es lourd.

— C'est pour ça que je suis ton pote. »

3
Le pacte

20 h 00. Ben retrouva comme convenu Cédric le soir, chez lui. Il résidait dans une jolie bâtisse familiale, dissimulée derrière de hautes haies bien taillées. Les deux garçons descendirent sans perdre de temps au garage. L'endroit n'était pas très spacieux et il faisait froid. Cédric amena sous le coude un chauffage d'appoint, qui avait le mérite d'être silencieux. Une petite voiture était cachée sous une toile mauve. Un long miroir où était inscrit « Living in Las Vegas », sans doute importé des États-Unis, était accroché au mur. Sur le côté gauche, on pouvait apercevoir une pile de pneus polymorphes. À droite près d'une petite porte en bois, un poster de Batman mis sous verre. Ben regarda l'homme chauve-souris attentivement.

« Tu aimes bien Batman, Ben ?

— C'est mon personnage de BD préféré ! Il n'a pas réellement de superpouvoirs, c'est donc plus facile de s'identifier à lui. Il est mystérieux et agit dans l'ombre.

— Comme nous, ce soir ! Tiens, tu me fais penser qu'il faut que je descende mon synthétiseur. C'est l'un des plus perfectionnés au monde. Je reviens tout de suite, je vais le chercher.

— Tu ne jouais pas du piano à la base ?

— Pas assez rock and roll pour moi ! Surtout quand on rêve de remplacer un jour Greg Phillinganes !

— Mouais... »

Cédric s'absenta quelques minutes et revint avec un magnifique synthétiseur chromé. Il fit un clin d'œil de guerrier et posa virilement l'appareil sur une petite table à tréteaux.

« Voilà, je monterai avec toi sur scène le jour du spectacle, c'est décidé. Je vais jouer avec ça. Ça envoie, hein !

— On ne va pas réveiller tout le quartier avec ton appareil ?

— Tu veux danser sur du Michael ou tu préfères rentrer chez toi bouffer des pâtes ?

— OK, on se lance ! Peux-tu jouer du « Wanna be startin'somethin'» ?

— Je sais tout faire au synthé. C'est parti ! Grosse ambiance !

— Attends une seconde. Je dois faire quelque chose avant de danser. »

Ben sortit de son sac à dos une boîte en métal de petite taille. Il la posa au sol et retira le couvercle. Il y avait à l'intérieur une magnifique paire de mocassins en cuir, assez poussiéreuse. Il souffla dessus, les salissures s'envolèrent comme de la poussière d'étoile. Les souliers brillaient comme du diamant. La toile cirée renvoyait la lumière comme un miroir. La finition était exceptionnelle. Cédric les observa avec beaucoup d'attention.

« Ils sont magnifiques, ces mocassins. J'en ai jamais vu de tels. Tu as dû les payer très cher !

— Je ne les ai pas achetés. Je les ai... trouvés à la cave.

— C'est vrai ce que tu me dis ? C'est une grosse coïncidence, pour un fan de Jackson, de trouver de telles chaussures dans sa propre cave !

— Ça... ça serait long à t'expliquer Cédric. J'ai eu le pressentiment qu'elles m'attendaient. Il y a parfois des choses étranges, difficiles à exprimer... Heu, peut-on se mettre à travailler ?

— Allez, enfourne tes chaussures, on entame la « répète » ! »

Cédric interpréta avec beaucoup de style l'un des titres préférés de Ben. Les notes étaient toutes justes et très énergiques. L'écho qui résonnait dans le garage amplifiait les sonorités. Ben partit quelques secondes dans une improvisation enlevée des pas de danse de son idole. Il lançait ses jambes dans toutes les directions, leva le bras en signe de victoire, claqua des doigts, glissa ses mocassins à la vitesse de l'éclair. Cédric haussa les sourcils. Il savait que Ben avait un bon niveau en imitation, mais pas à ce point. Le numéro proposé dans le garage transcendait les « bricoles » réalisées à l'école. Ben était totalement envoûté par la musique pétaradante qu'envoyait Cédric. Il semblait que plus on mettait le son fort, plus Ben était capable de réaliser des prouesses. C'était arithmétique.

Cédric programma son synthé en mode automatique. Il appuya sur une touche qui lança les fameuses vocalises « Mamassé, Mamassa, Mamakoussa ! » présentes à la fin de la chanson. « Come and singing ! » Ben regarda son pote se mettre à frapper des mains. Cédric augmenta le volume à fond et poussa les basses au maximum. Le jeune garçon se mit alors à mimer des pas de danse typiquement africaine. Il était comme en transes. Cédric se mit lui aussi à imiter, à sa façon, Michael Jackson! Les deux gamins étaient emportés dans un tourbillon de joie. Les murs s'étaient évaporés. Le sol était devenu un tapis d'étoiles. Les objets inertes du garage s'animèrent. « AAOOWW! » Soudain... la panne électrique!

« La galère! le disjoncteur a encore sauté!

— Mince! J'espère qu'on n'a pas réveillé tes parents! fit Ben contrarié.

— Ils sont au cinéma en train de voir une bouse que je leur ai conseillée. T'inquiète j'avais tout prévu! Ils en ont pour trois heures de mélo prise de chou. Bon, je vais rallumer le courant.

— Je suis désolé, j'espère qu'on n'a rien cassé par ma faute! J'aurais peut-être pas dû venir...

— Tu plaisantes? C'était génial! J'étais super-content de te voir danser comme ça!

— C'était vraiment bien? T'es certain?

— Je n'ai pas vu de grandes différences, au niveau mouvements, avec Michael Jackson. Je m'y connais pas autant que toi, mais ça en jetait, je peux te l'assurer. Tu vas casser la baraque la semaine prochaine. Tu t'es entraîné des années pour arriver à un tel résultat!

— Je ne suis pas certain que tout le monde apprécie.

— Ne doute pas une seconde, Ben! Tu vas cartonner. Et moi aussi je vais cartonner, avec mon synthétiseur! J'ai déjà une idée d'ouverture. Et puis on mettra en back la vraie chanson de Michael. On stabilisera le son à fond. J'ai hâte.

— J'espère que tu as raison. »

Ben rentra chez lui plus tard que prévu. Il avait dépassé de trente minutes l'heure limite imposée par son père. Il ouvrit la porte d'entrée discrètement et marcha sur la pointe des pieds, en direction de sa chambre. Tout le monde ne dormait pas dans la maison. Le patriarche était assis dans l'ombre, sur un épais fauteuil en cuir planté dans le salon. Il regarda son fils fixement. Ben, surpris, avança de quelques pas vers son père. Il peinait à le distinguer. Son visage était à demi éclairé par les images projetées par la télé. Son corps, lui, baignait dans le noir.

« Papa, je suis désolé pour l'heure. On a eu une panne électrique. On a passé une heure à réparer le disjoncteur… On n'a pas préparé tant que ça le spectacle, à vrai dire. »

Le chef de la maison fronça les sourcils, puis posa sa main sur la télécommande pour changer de chaîne.

« Je ferai plus attention à l'heure la prochaine fois, promis. On veut préparer un bon spectacle, tu sais. Merci pour ta compréhension. »

Ben quitta le salon en marchant cette fois-ci normalement. À quoi bon se mouvoir comme un renard quand vous avez été repéré… Dans la salle de bain, il observa minutieusement son visage dans un miroir, sous une lumière tamisée. Ainsi, il ne voyait pas vraiment les boutons. Il examina ensuite attentivement le reflet de ses yeux noirs, comme pour tenter d'y percevoir son âme. De déchiffrer ce qu'il avait au plus profond de lui-même. Le mystère de la vie, l'étincelle de son existence.

Ben réfléchissait très souvent au sens de l'univers, à Dieu. Au plus profond de lui, il espérait un jour découvrir les réponses aux questions les plus métaphysiques. Le jeune ado était très mature pour son âge. C'était un garçon aimable, joyeux mais également grave. Il n'exprimait jamais cet aspect de sa personnalité. Nul n'avait idée de sa maturité et profondeur d'âme, au quotidien. Même pas ses parents. Alors, pour mieux dissimuler les angoisses de la vie, le garçon préférait danser. En mouvement, il était heureux. Il ne supportait pas les choses statiques. Pour lui, l'immobilité c'était la mort.

Ben s'endormit assez rapidement. Il savait qu'il avait besoin d'énergie, pour les jours qui viennent. Il avait du pain sur la planche. Outre la répétition, il lui fallait aussi confectionner son costume de scène, comme certains élaborent leur tenue de super-héros. Par chance, il possédait déjà la quasi-totalité des accessoires chez lui. Normal, quand on est fan de Michael depuis des années... et qu'on se plaît à imiter sa star, paré d'accoutrements similaires.

Jeudi 26 janvier, 17 heures. Ben et Cédric ont répété ensemble chaque jour de la semaine. Il était temps pour eux de présenter leur prestation au professeur de latin. Celui-ci les attendait d'ailleurs au tournant ! Les deux ados filèrent après leurs cours en direction de la salle polyvalente. Une petite scène de fortune y avait été montée. Une vingtaine de chaises formaient un arc de cercle. Géraldine s'approcha des deux garçons avec un grand sourire.

« Ça y est ? Vous allez présenter votre show ?

— Oui, on est bons ! » lança fièrement Cédric.

Les trois jeunes gens se dirigèrent vers le charismatique organisateur. Ben croisa son regard avec celui d'une élégante jeune fille aux cheveux roux et aux yeux clairs. Elle se prénommait Éloïse, et ne parlait à personne. Il tâchait de rester en retrait, pour dissimuler au maximum ses problèmes d'acné. Une autre jeune fille s'approcha sans prévenir, cassant la trajectoire de son regard.

« Salut Ben, fit Mélanie. Alors tu vas danser sur du Jackson ?

— Qui t'a dit ça ?

— Ho personne ! Je devine ! De nombreuses personnes dans le collège savent que tu es fan de la star. C'est un personnage bizarre, tu ne trouves pas ?

— Oui, il est bizarre. Mais c'est un super-artiste.

— C'est vrai. En tout cas, son changement de couleur de peau est très surprenant !

— Je ne fais pas très attention à ça.

— Alors tu fais attention à quoi ?

— Je... »

Le professeur fit signe à Ben et à sa troupe de venir le rejoindre. Ben fixa de nouveau Éloïse, avant de se rapprocher de ses camarades. Il n'était pas insensible au charme de la jeune fille, qu'il croisait de temps à autre dans les couloirs. Était-ce réciproque ? Il n'en avait aucune idée.

Cédric lui tapota sur l'épaule. Pendant qu'il était en train de rêvasser, Cédric avait commencé d'expliquer le projet scénique de sa « team » au professeur. Ils présentèrent ensuite une démo complète de quatre minutes, presque à l'identique de leurs répétitions dans le garage. Le son sensiblement moins fort.

« C'est très bien, bravo ! fit le professeur, plutôt surpris. Il y a de quoi en perdre son latin ! Enfin pas pour moi, je vous rassure. La tenue de scène n'est pas mal non plus, estima-t-il.

— On a travaillé chaque soir ! Nous sommes heureux de savoir que le résultat vous plaît, expliqua Cédric.

— Cependant, je vais vous demander de ne pas vous toucher l'entrejambe Ben. C'est un mouvement trop explicite, qui ne doit pas être fait pendant le spectacle au collège.

— Mais... Michael, lui, le fait !

— Tu n'es pas Michael, Ben.

— C'est dommage monsieur ! répliqua Cédric, une once de déception dans la voix. Ça fait partie du show...

— D'ailleurs, je trouve que l'artiste va parfois trop loin dans la provocation... Mais c'est discutable.

— Je vais faire comment alors, sans ce mouvement de danse ?

— Tu vas faire sans. Prends-le comme une directive technique. Par ailleurs, j'aimerais que vous présentiez une seconde chanson supplémentaire. On aura du temps pour cela. Ça vous dit ?

— Avec plaisir, oui ! Ça vous va si on fait Billie Jean ? lança Ben sans même se concerter avec Cédric.

— Oui d'accord. Je connais cette chanson, elle est entraînante aussi. Parfait.

— Tu es au courant que le spectacle est après-demain? On a donc deux jours pour préparer Billie Jean!

— Ça va aller Cédric. Ne t'inquiète pas. Il faut juste que je me fabrique un gant blanc à paillette et que je prenne mon chapeau. Ça ne pose pas de problème.

Depuis le début des années 1980, Michael Jackson se plaisait à porter un chapeau dans ses concerts comme dans la vie quotidienne. Il avait remarqué que Marvin Gaye utilisait cet accessoire quand il chantait « Let's get in on ». Il souhaitait donc s'en inspirer, pour créer une émulation auprès de son public. Son modèle préféré était le Fedora noir. Il était fabriqué sur mesure à la main à New York, au 101 West 55th Street. Le chapeau de Michael était unique en son genre, l'arrière du chapeau est incurvé vers le haut tandis que l'avant suit une courbe inclinée vers le bas. Lors de ses trois tournées mondiales (Bad Tour, Dangerous Tour et History Tour), il avait pour habitude de jeter son chapeau dans le public à la fin de la chanson Billie Jean. Il aura ainsi dispersé 274 chapeaux dans le monde!

Samedi 28 janvier, 16 h 00. Date de l'attendu spectacle de la fête de Charlemagne. Des centaines de collégiens, parents et invités se pressaient devant le lourd portail vert. Une longue scène en bois avait été disposée en plein cœur du parvis. Les préfabriqués faisaient office de loges. Près de 400 chaises en bois prêtées par la mairie formaient des alignements parfaits. Une équipe technique de dix personnes, issue d'une entreprise privée, s'occupait de la partie son et lumière. Le collège était totalement transfiguré. Jamais une telle fête, en tout cas d'une telle ampleur, n'y avait été organisée.

Ben, Cédric et leur « agent » Géraldine s'agitaient en coulisses. Ils effectuaient ensemble les derniers réglages. Plusieurs professeurs aidaient eux aussi les artistes du jour à se préparer. On se serait cru, toutes proportions gardées, dans un mini-aéroport. Le professeur de latin, principal organisateur, s'approcha des deux jeunes garçons.

« Messieurs, prenez votre temps, car vous passerez en dernier. Je vous ai programmé juste après l'imitation de Coluche et le célèbre sketch du permis de conduire.

— On passe en dernier ? Ça me met le stress ! lâcha le jeune blondinet à lunettes.

— Votre show sera le clou du spectacle. Vous avez intérêt à assurer, reprit l'organisateur. D'autant plus que monsieur le maire et l'inspecteur académique ont fait le déplacement. Il faut leur montrer que notre collège est très actif ! Ha oui, j'oubliais, la presse est là aussi.

— Tant qu'il n'y a pas le président de la République, ça me va ! lança Cédric ironiquement.

— Dommage qu'il n'y ait pas Michael ! rétorqua Ben. J'aurais aimé dansé devant lui…

— Peut-être un jour, qui sait ! Allez les amis, venez voir la première partie du spectacle quand vous êtes prêts, fit Géraldine. Ben, au fait…

— Oui ?

— Tu ressembles à Michael, apprêté comme ça.

— Merci. »

Vingt minutes avant le moment fatidique. Cédric commença à sèchement ressentir la pression. Il effectua les ultimes réglages de son synthé. Ben, lui, restait curieusement calme. Il était accroupi contre un mur, le chapeau vissé sur sa tête, en pleine séance de méditation. Il imaginait Michael présent secrètement dans l'assistance, en train de le voir danser. Pour lui, rien n'était impossible avec sa star ! Elle-même étant capable par essence de l'impossible…

Ben tâchait d'entrer un peu plus chaque seconde dans la peau de son idole, pour le mimer à la perfection. L'instant où il monterait sur scène devait être, selon lui, l'ultime moment où il devait ne faire qu'un avec son « maître ». Un instant fugitif où l'éclipse est totale… et le temps s'arrête. L'impact devait avoir lieu dans quelques secondes. L'excitation était permanente.

Ben s'avança vers la sortie des loges en marchant comme un militaire. Il s'imaginait escorté par des gardes du corps. La lèvre inférieure pincée, le dos droit, il avançait vers ce moment magique qu'il redoutait autant qu'il espérait ! Son cœur battait la chamade. À quelques pas de la scène, une petite femme blonde l'interpella.

« Ben, il est bien fait ton costume.

— Madame la professeure de science physique, c'est vous…

— Puis-je voir ton visage deux petites secondes ?

— Heu… oui. Si vous voulez. »

La petite dame, prénommée Dominique, observa attentivement Ben. Elle toussota, puis fit signe au jeune garçon de la suivre quelques minutes.

« Madame, je vais passer dans moins de cinq minutes !

— Oui, j'en ai pour trente secondes. Approche-toi du miroir, là, s'il te plaît.

— Qu'est-ce vous comptez faire ?

— Je vais te rajouter de la poudre blanche. Michael Jackson est plus clair que toi !

— Vous êtes sûre ? Je n'aime pas trop ce genre d'artifice vous savez…

— Ça rajoutera une touche de réalisme. Tu as un très beau costume, autant jouer la carte du mimétisme à fond, non ?

— Si vous le dites.

— Et puis tu as bien mis du crayon autour des yeux et sur les sourcils… D'ailleurs, c'est assez bien fait.

— Merci. Je me suis inspiré d'un poster. Mais ce sont des retouches très légères. »

Ben ne savait pas vraiment comment il devait prendre, ou plutôt assumer, le rajout de maquillage blanc sur ses joues et son front. Il se sentait très mal à l'aise. Bien que né en France, il possédait des racines tunisiennes. Sa peau n'était ni claire ni foncée, mais légèrement teintée. Éclaircir son teint, pour lui, c'était quelque part renier ses propres origines... Ignorer d'où il venait, oublier que le sang qui coulait dans ses veines provenait d'Afrique du Nord.

« Et voilà, c'est fini. Que penses-tu du résultat ? »

Le jeune garçon se tourna vers le miroir. Il fut très surpris et assez mal à l'aise, avec toute cette blancheur et ce maquillage. Ce n'était plus le reflet du Ben qu'il avait l'habitude de voir. Néanmoins, il était très heureux de constater que tous ses boutons d'acné avaient disparu ! De fait, il se sentait mieux dans sa peau. Plus photogénique, plus beau... mais aussi plus étrange. Son visage assez fin, fardé de teintes pastel, évoquait celui d'une jeune fille. Ben rayonnait en habit de scène. Il dégageait quelque chose de magnétique, sans même avoir entamé son premier pas de danse. Sa tenue de super-héros laissait présager la venue d'une tornade d'effets spéciaux.

Ben remercia Dominique pour « les dernières retouches », puis avança le pas conquérant vers la lumière de l'extérieur. Un vent frais soufflait sur ses joues grimées de fard. Le ciel était sombre. Un orage menaçait d'éclater à tout instant. Par chance, il ne pleuvait pas. Le tonnerre se mit à gronder. Ben leva les yeux au ciel, priant que la pluie ne vienne pas saboter sa prestation.

Cédric, déjà installé sur l'estrade, écarquilla les yeux quand il vit débarquer son associé.

« Waouh ! Puissant le maquillage ! »

Ben observa la foule, à l'image du légendaire Samson avant qu'il ne déboulonne les colonnes de marbre.

Instantanément, un tumulte de cris et de clameurs éclata dans le public. Une véritable cacophonie, qui dura pendant près d'une minute.

« Miiiichael ! Miiiichael ! »

Placide, le jeune garçon mesura très vite la lourde responsabilité posée sur ses épaules. Celle d'imiter Michael Jackson. Un défi de taille, qui n'était clairement pas à la portée du commun des mortels. Il analysa quelques instants le public, recherchant sa mère et sa sœur qui « avaient promis d'assister au spectacle ». Il observa Géraldine, assise juste devant la scène. Julia, la préférée de Cédric, était, elle, accroupie juste devant l'estrade. Le groupe de jeunes garçons, qui s'étaient moqués de Jackson au pub, était là eux aussi tout derrière. Enfin, Éloïse... qui écarquilla les yeux quand elle reconnut Ben dans sa tenue de strass...

« Et voilà mon pote, c'est le moment ! On est devant au moins six cents personnes ! Tu flippes ?

— Je suis heureux Cédric. Mort de trouille, mais grave heureux !

— Donne tout mec, et toutes les nanas du collège seront à tes pieds !

— Cédric, je ne fais pas ça pour... »

Le présentateur du spectacle coupa les ultimes propos de Ben, annonçant d'une voix puissante la dernière prestation de la journée. « Et maintenant, voici une représentation très spéciale ! Nous vous annoncions une surprise sur les affiches et les prospectus... Mesdames, mesdemoiselles, messieurs, voici la plus grande star de la musique ! En chair et en os devant vous, pour vous, Miiiiichael Jaaaaaacksoon ! »

Cédric catapulta tout de suite son intro maison de « Wanna Be ». Il se lança dans un éclatant solo de trente secondes, qui fit parfaitement monter la pression. Ben était pour l'instant très satisfait, son ami avait joué chaque note à la perfection. Les premières vocalises de Michael Jackson entonnèrent. La batterie était lâchée. Ben commença à bouger timidement. Très vite, il lança sans prévenir des pas de danse complexes, comme le « sidewalk » (glissades des pieds spectaculaires sur le côté). Le public leva les mains. Maintenant bien échauffé, Ben plaça avec délicatesse un léger Moonwalk (le fameux et légendaire pas inversé de Michael Jackson). Cela lui valut quelques encouragements et applaudissements.

Les spectateurs commençaient à prendre au sérieux le jeune imitateur. Ben se toucha plusieurs fois l'entrejambe, malgré les consignes de l'organisateur. Tant pis, il était maître à bord sur scène, personne ne viendrait interrompre son numéro ! La fièvre monta encore d'un niveau parmi les spectateurs. Les chorus « Mamassé mamassa ! » déboulèrent assez vite. Ben glissa aux quatre coins de la scène, pour interagir un maximum avec le public. Il avait une intelligence scénique innée. Il donnait l'illusion d'être omniprésent à chaque recoin du plateau. Captant ainsi constamment l'attention du public. Cédric augmenta un peu la célérité de la musique, puis envoya quelques notes aiguës de piano bien senties. Était-ce bien amené, ou au contraire trop vite expédié ? Ben n'eut point le temps d'analyser le degré de maîtrise de son acolyte, il se concentrait plutôt sur son jeu de scène. Il se lança enfin dans une série de pas de danse africaine, avant de terminer bras en l'air sur le dernier refrain.

La première musique était terminée. Ben était fatigué. Contrairement à Michael qui semblait inépuisable sur scène, il était éreinté en l'espace d'une seule chanson. Il faut dire que le stress avait sans doute décuplé l'effort par dix, soit l'énergie de tout un concert ! Le jeune garçon reprenait son souffle, pendant que le public applaudissait convenablement.

Ben baissa le regard. Cédric comprit instantanément que son camarade n'était en aucun cas satisfait de sa prestation. Pourtant, il avait assuré le show et le public avait apprécié. Mais « seulement » apprécié. Et c'était bien là tout le nœud du problème.

Quelques dizaines de personnes se mirent à se lever de leur siège. Le présentateur reprit très vite la parole, annonçant le « lancement imminent d'une dernière chanson surprise » ! Quelques individus se mirent à applaudir, d'autres à huer... Ben ressentait de la douleur dans l'une de ses jambes, qui était engourdie. Des rafales de vent secouaient les câbles électriques. Des détritus et monceaux de papier tourbillonnaient au sol, près de la scène. Ben s'approcha de Cédric, le regard déterminé, en essuyant la sueur qui perlait sur ses pommettes. Ses yeux ténébreux brillaient d'une lueur intense.

« Tu as bien joué Cédric. C'est bien...

— Ben, tu n'as pas l'air d'aller. Tu es tout blanc.

— C'est le maquillage.

— Ha OK ! Sinon, tu as bien dansé.

— Michael Jackson ne fait pas du bien, il fait du parfait. Je n'étais pas à la hauteur !

— Mais qu'est-ce que tu comptes faire de mieux, sur Billie Jean ?

— Tout !

— Tout ?

— Demande de monter le son à fond, s'il te plaît.

— Mais... ça va faire beaucoup trop de bruit ! Et on entend déjà bien, expliqua Cédric.

— Demande d'augmenter le volume. On enclenche la vitesse supérieure. J'insiste. Comme dans un vrai concert.

— C'est quoi ce plan Ben ?

— Fais-moi confiance, s'il te plaît ! J'ai besoin de beaucoup de son !

— Pour faire quoi ?

— Pour léviter.

— Bon très bien. Je vais réclamer qu'on augmente tous les crachoirs à fond. Prépare-toi, décollage dans quinze secondes. »

Le tonnerre gronda avec violence. Cédric lança les premières notes du tube absolu de Michael Jackson « Billie Jean ». Comme pour mieux brouiller l'orage qui allait éclater à tout instant. En moins d'une seconde, le bruit sourd des basses décapa la cour. Un éclair éclata. Le public, dispersé sur le parvis, vissa son regard en direction de la scène. Le sol se mit à bourdonner comme sur une piste de décollage. Les individus qui étaient en train de partir s'arrêtèrent net. Ben sortit son gant à paillette d'une de ses poches et l'enfila à sa main droite. Il entrouvrit légèrement son col, puis chemina en plein centre de la scène. À moins de deux mètres de l'estrade de 50 cm de haut, des enfants se mirent à s'agiter. Les premières paroles de Michael se firent entendre.

Premiers jeux de jambes. Ben n'était plus Ben, mais un Martien en train de reproduire à l'identique la prestation du maître. Son corps devint le plus pur prolongement de la musique. Il lâcha chaque pas, chaque mouvement de bras, chaque geste de la main avec une célérité de fauve. Son visage répondait absent, il semblait comme ensorcelé par la puissance de la mélodie. Elle-même décuplée par le volume bloqué sur le maximum audible. Toutes les personnes, sans exception, s'étaient levées. Ben fit un pas chassé improbable, avant de glisser vers l'arrière puis l'avant. Les enfants jubilèrent. L'imperturbable imitateur traça au sol une sorte de figure pentagonale, inconsciemment, au milieu de la chanson qui déboula très vite. Le jeune prodige prit alors son élan... puis planta un long et flamboyant Moonwalk. La foule était captivée. Il acheva sa course inversée parfaite par une double vrille, avant de terminer sur la pointe des pieds. « Billie Jean, is not my lover ! » Ben se mit même à chanter, accompagné par le public en admiration. Il se toucha une dizaine de fois l'entrejambe. Non pas par provocation, mais parce que cela faisait artistique.

Les dernières notes éclatèrent comme une tempête de sable, dont chaque grain se mit à retentir dans les enceintes comme du diamant. Ben fit une triple vrille, peut-être même une quadruple, puis termina à genoux au sol. Les bras croisés, levés vers le ciel.

Cédric stoppa net de jouer... et se redressa en faisant le signe de victoire. L'ouragan était consumé. Le public, lui, était en émoi. Galvanisé. Les applaudissements ne cessèrent de vibrer pendant une minute. Une série d'éclairs éclata, juste au-dessus du bâtiment principal.

Ben était devenu, en l'espace de quatre minutes de prestation, Jack'son. Cette part de lui qu'il rêvait d'extérioriser. Le timide garçon s'était métamorphosé en comète. Il avait rendu un vibrant hommage à sa star préférée... et réalisé une véritable prouesse scénique. Un tour de force. À un âge où l'on commence en général à apprendre, Ben avait donné à lui seul une leçon à une foule de personnes.

Le jeune garçon, éreinté, reprit peu à peu son souffle. Il redressa son buste, puis regarda en direction du public. Au même moment, la foudre s'abattit à quelques pas du collège. Trois éclairs zébrèrent le ciel noir et blanc. Une épaisse pluie se mit très vite à tomber. La scène se transforma en glissant miroir. Une brume entourait le collège, jusqu'au portail. La tenue vestimentaire du jeune garçon se transforma en éponge. Il restait immobile. Derrière lui, sous un abri, Cédric rangeait hâtivement tous ses instruments.

« Humm... Eh bien, quel spectacle ! Parfaitement synchro, juste avant la pluie ! Bravo à Ben et Cédric, de la classe de 3e B. Vous avez bien fait de les applaudir ! Merci encore à eux. Merci à tous les élèves qui ont préparé les shows. Merci au public... et à l'année prochaaaaine ! »

Ben était fier de lui, forcément. Mais il ne comprenait pas pour quelles raisons il recueillait tant d'applaudissements. Pour lui, il n'avait fait que singer son maître à danser, rien de plus. Il n'avait rien inventé. Rien. Il n'eut donc aucun mal à garder les pieds sur terre, tandis que son brillant camarade de scène avait lui les chevilles qui enflaient...

Ben salua la foule, tous se ruaient sur leur parapluie pour se protéger des rafales. Il enleva machinalement l'un de ses mocassins pour le montrer au public, pour prouver qu'il n'y avait pas de trucage. L'espace d'un instant, il crut apercevoir tout au fond de la cour une silhouette familière. Un homme élancé, doté d'un grand chapeau blanc, se tenait debout derrière un épais rideau de pluie. Celui-ci lui fit un clin d'œil, avant de fondre dans la foule et le frimas... Sans doute était-ce une illusion, générée par la fatigue. Ben se frotta les yeux... et Cédric le serra sans prévenir dans ses bras. « On bouge, sinon on va attraper la crève ! » Les deux jeunes gens cavalèrent en direction des loges. L'orage éclata de nouveau, la violente pluie se transforma en grêle.

22h00. La fête était terminée. La pluie avait cessé de tomber. Le collège s'était vidé de ses visiteurs depuis un long moment. Ben, comme tous les intervenants du spectacle, passa la soirée à ranger le mobilier. De nombreuses personnes, dont une majorité qu'il ne connaissait pas, vinrent le féliciter pour sa performance. En l'espace d'une journée, Ben était passé du statut de jeune garçon timide à celui de mini-vedette. Il déambulait dans les coulisses sans sa veste à paillette, mais avait gardé son pantalon de scène, sa chemisette et la majeure partie de son maquillage.

Éloïse, la jeune fille pour qui Ben avait une certaine attraction, était encore présente dans le collège. Elle avait semblait-il participé à l'élaboration du spectacle. Il n'y avait donc rien d'étonnant à ce qu'elle s'occupe du démontage. Éloïse était aussi en 3e, mais dans une autre classe. Ben l'avait déjà remarquée à la rentrée de septembre. Lorsque le responsable du collège avait annoncé la répartition des élèves, il avait prié très fort pour qu'elle soit avec lui. Le destin, ou plutôt le responsable des lieux, en avait décidé autrement. Le suspens levé, Ben avait rejoint sa nouvelle classe un brin désabusé. Les filles n'étaient pas une priorité pour lui à l'époque. Il s'efforça d'effacer très vite ces émotions fugaces, qu'il mit sur le compte des hormones.

Cependant, et il l'apprit rapidement au fil des mois, on n'est pas toujours maître de ses sentiments. Éloïse ne cessait de l'attirer, de l'intriguer, un peu plus de jour en jour. La jeune fille, d'une fragile beauté, était sourde et muette. Elle aussi, dans une moindre mesure, était plutôt isolée des autres. Mais bien plus que Ben. Le jeune garçon parlait peu. Mais Éloïse, elle, ne parlait pas. Il ne savait donc pas de quelle façon il pouvait l'aborder. Il avait en tout cas remarqué sa présence durant sa prestation, et il s'en réjouissait. Qu'avait-elle pensé de son jeu de scène, sans avoir pu entendre une seule note de musique ? Avait-elle ressenti une émotion ? Ben se posa à maintes reprises ces interrogations. Il avait remarqué qu'Éloïse était la seule personne qui était restée assise quand il dansait… à l'inverse des autres spectateurs tous debout. Y compris ceux qui n'aimaient pas Michael, sans doute pour ne pas se faire remarquer…

Ben prit son sac à dos et se dirigea vers la sortie du collège, tout en regardant avec une pointe d'insistance Éloïse. La jeune fille tenait dans ses mains un grand cahier. Elle semblait y écrire quelque chose... Ben voulut s'approcher d'elle, mais sa timidité l'en empêcha. Il préféra alors filer vers son vélo, qui était à sa grande surprise entouré de quelques fans. Il aperçut également Cédric, en pleine discussion avec un groupe de trois autres personnes. Le garçon à lunettes profitait pleinement de sa soudaine notoriété !

« Bravo Ben ! C'était vraiment génial !

— Tu t'es comporté comme un boxeur. T'as mis tout le monde KO.

— C'était au top, les pas en arrière, tout ça. C'est le Saturnwalk, c'est ça ?

— Non, le Moonwalk. Merci, merci à tous... mais je n'ai rien fait de spécial. J'ai juste essayé d'imiter Michael Jackson. Y a rien d'extraordinaire à ça.

— Tu l'as très bien fait, reprit l'une des jeunes filles du groupe.

— Allez, merci à tous. On se voit lundi ! »

Ben décrocha son vélo du poteau. Il fit un dernier signe de la main puis s'évapora dans les ruelles sombres et froides de sa ville. Aucune trace d'Éloïse. Elle était sans doute déjà partie, elle aussi. Il tourna en rond plusieurs fois dans le quartier, pour tenter de la retrouver. Sans succès. Ce détour lui fit perdre encore une bonne demi-heure, ce qui lui valut de rentrer chez lui à minuit trente. Soit une grosse heure de plus que l'horaire limite fixé par son père ! Déboussolé et fatigué, Ben n'avait, à vrai dire, plus vraiment notion de l'heure.

Il s'approcha du palier et frappa à la porte… et il fut pris soudainement de stupeur. « Le maquillage ! Je ne l'ai pas enlevé ! Qu'est-ce que va penser mon père ? » La porte s'ouvrit dans un long grincement. La silhouette du patriarche se dessina à quelques centimètres du jeune garçon. Ben baissa instinctivement le visage, en prenant soin de rester le plus possible dans l'ombre.

« Mon fils, il est tard.

— Papa… excuse-moi. J'ai dû aider à ranger les costumes.

— Oui, je sais. Ta mère et ta sœur me l'ont dit. Allez, entre.

— Merci papa. »

Ben regagna enfin sa chambre, totalement éreinté. Il posa son gant à paillettes sur son bureau, juste en dessous d'un poster de Billie Jean légèrement froissé. Il se dirigea ensuite vers la salle de bain, pour enlever les dernières plaques de maquillage.

« J'espère qu'il n'a pas vu en détail mon visage. »

Ben avait eu honte de s'être présenté de la sorte devant son père. Le monde du spectacle était perçu avec « beaucoup de méfiance » par son géniteur. Pour lui, le plus important était de « faire des études pour bien réussir dans la vie ». Ben ne voulait pas faire de mal à son père, ou du moins le moins possible. Il savait que ses frasques n'étaient pas vraiment les bienvenues, à la maison. Mais c'était plus fort que lui. Il avait Michael dans la peau, au sens premier du terme. Le spectacle lui avait permis de se révéler à lui-même. De se rendre compte qu'il avait le don d'émulsionner la foule. De donner du bonheur aux gens, en devenant une géniale marionnette. Ben venait de se révéler aujourd'hui, il le savait. Et sa vie ne serait dès lors plus jamais la même. Il avait trouvé sa voie. Il souhaitait de nouveau danser, demain, tous les jours, s'il le pouvait. Ne jamais s'arrêter de danser et tourner. Parce qu'il n'y avait que de cette façon qu'il se sentait, au plus profond de lui-même, définitivement exister.

Le jeune garçon prit congé de la salle de bain, le visage nettoyé. Il observa son visage brièvement, juste avant de fermer la porte. Un peu comme on vérifie que sa voiture est bien fermée et qu'on a bien pris les clefs. Il remarqua que son regard s'était durci. Comme s'il avait pris plusieurs années en l'espace d'une journée. C'était d'ailleurs le cas. Il se dirigea vers la cuisine, pour se préparer un réconfortant bol de chocolat chaud. La température de la pièce était froide. Les volets étaient recouverts de gel. De la buée s'était collée aux fenêtres. Ben s'assit sur un tabouret et se mit à expirer longuement, comme pour enfin évacuer la pression. Son père entra dans la pièce, un journal à la main. Il fixa son fils avec longanimité, et lui fit :

« Ton spectacle, Ben. C'était bien.

— Tu as vu ce que j'ai fait papa ? Tu étais là ?

— J'ai pu me libérer. Tu as du talent. Tu es bon. Bonne nuit.

— Merci. Bonne nuit papa... »

Le père de Ben posa son journal sur une petite commode installée dans le couloir, puis disparut silencieusement dans le couloir enveloppé par la pénombre. Ben prit la bonne critique de son père comme un grand compliment. En effet, il était rare d'entendre de la part de cet homme assez dur des commentaires plutôt positifs. Les propos délivrés ne comportaient, ici, aucune équivoque. Son père tolérait Michael Jackson. Il n'avait pas d'a priori négatif envers la star. Cependant, il trouvait le personnage « très étrange et pas spécialement de bonne influence ».

Ben se coucha enfin, en repensant bien évidemment à la journée magique qu'il venait de vivre. Il n'imaginait pas que son destin serait, à partir de ce jour, lié à jamais à celui de Michael. Il venait d'écrire la première page d'une histoire, son histoire, rocambolesque. Un destin hors-norme l'attendait, avec ses réjouissances mais aussi ses travers. Ses joies mais aussi ses profondes souffrances. Il avait pactisé, dans une sorte de danse vaudou, avec des forces surnaturelles. Le don qui lui avait été donné ne le lâcherait plus d'une semelle. Il lui serait impossible de faire marche arrière. Il lui restait maintenant toute la vie pour se demander si, en avançant, il ne se dirigeait pas vers une illusion. Si, en allant de l'avant, il ne restait pas en définitive cloué sur place. Tout comme le célèbre pas de danse du Roi de la pop…

> *« À la maison, ce n'était pas tous les jours évident d'être fan de Michael Jackson ! Je devais constamment me justifier, à chacune des frasques de la star ! J'allais de surprise en surprise… et devais toujours avoir réponse à tout ! Je m'efforçais de rester crédible, de montrer que ce n'était pas mauvais pour la santé d'aimer son art.*

Je me souviens avoir été très gêné pendant la première présentation du clip « The way you make me feel », proposée à la télé à la fin 1980. J'étais dans le salon, avec mes parents et ma sœur. Le clip était très chaud pour l'époque! Mon père n'avait pas aimé la chorégraphie assez sauvage et très sexuelle, à la fin du clip! C'était dur ensuite de rattraper la chose! Il me disait que Michael savait que des enfants le regardaient, et que ce n'était pas correct d'agir ainsi. Je ne répondis pas à mon père. J'étais trop jeune pour la ramener. Et puis, avec du recul, je me dis qu'il n'avait pas si tort. Car dans la vidéo, Michael se faisait passer pour un chef de bande. Il mimait des actes sexuels et poursuivait une fille en faisant des gestes très machos. Mais moi, je savais que c'était du cinéma!

J'ai eu beaucoup de mal à rattraper l'image de Michael, après ce clip! Michael voulait choquer dans cette vidéo, c'est une évidence. Il contrôlait tous ses faits et gestes. Rien n'était laissé au hasard. Rien. Il voulait marquer les consciences.

En Tunisie, quand je danse, je ne me tiens pas l'entrejambe. Dans certains pays où la culture est différente, l'Arabie, l'Indonésie... il ne faut pas faire de gestes ostentatoires. D'ailleurs, il faut le savoir, Michael se pliait justement à ces us et coutumes. Il savait exactement ce qu'il faisait, sur scène. Il ne se tenait pas l'entrejambe dans ces pays, en concert. On lui avait donné l'ordre de rester calme, il s'y pliait. Dans les autres régions du globe, il n'en faisait au contraire qu'à sa tête ! Il se lâchait totalement, pour le bonheur de ses fans. Ses pétages de plombs sont les plus éblouissants de l'histoire du show-biz. Ça faisait partie du personnage. »

4
L'ENTORSE

Lundi 30 janvier. Ben retourna au collège. Comme il pouvait s'y attendre, il était devenu une véritable petite célébrité locale. Tous les élèves, ou presque, l'observaient avec curiosité. Où qu'il aille et quoi qu'il fasse, le timide boutonneux ne passait plus inaperçu. Même les professeurs ne restaient pas indifférents. Le jeune garçon n'aimait, à vrai dire, pas trop cette situation. Il prit alors son mal en patience, convaincu que son attraction s'amenuiserait au fil des jours. « Après tout, il n'y a pas que mon imitation de Michael Jackson dans la vie ! » pensa-t-il à voix haute.

En classe, pendant la récré, à la cantine... Ben récolta des félicitations à presque chaque instant. Quand on ne venait pas lui parler, on l'observait. Quand on ne l'observait pas, on venait lui parler. Quand on s'adressait à lui, Ben se mettait légèrement en retrait. Comme pour éviter qu'on ne détaille son visage boutonneux. À vrai dire, il aurait souhaité affronter son public de nouveau maquillé. Avec des lunettes de soleil aussi, et pourquoi pas un chapeau. Mais pas de masque, n'exagérons rien ! Ben avait compris, depuis son spectacle donné avant-hier, le pouvoir magique des artifices et surtout de la scène. Dans la vie de tous les jours, il n'était cependant pas un super-héros. Et c'est en civil, sans gilet de protection, qu'il devait composer. Au bout du compte, le jeune garçon prit du plaisir à discourir sur sa prestation, à revenir sur ses pas de danses et son jeu de scène... Avoir des fans n'était finalement pas si désagréable que ça !

Cédric, lui, profitait totalement de sa nouvelle notoriété. Il utilisa cet atout qu'il savait « forcément éphémère » pour se rapprocher sensiblement de Julia. La jeune fille commençait à le prendre vraiment au sérieux. Ben, lui, n'était pas si heureux malgré son succès. La vue et la présence d'Éloïse lui manquaient. Il n'avait pas vu la jolie rousse de la journée. Était-elle malade ? L'avait-elle volontairement évité ? Trouvait-elle tout ce cirque déplacé ? De nombreuses hypothèses s'agitaient dans son esprit.

Ben termina la fin de journée sans surprise. C'est-à-dire à vélo. Il était tard et il n'y avait plus grand monde dans le collège. À l'instant où il franchit le portail, un groupe de six jeunes gens lui barra la route. Il reconnut instantanément, dans la bande, le malandrin qui avait vilipendé à haute voix Michael Jackson au bar. John détestait Jackson, cela se lisait sur son visage. Il était assez grand, les sourcils rapprochés et les épaules larges. Il semblait être le leader du groupe, séparé de ses comparses d'un mince pas en avant. Ben le regarda fixement dans les yeux, tout en restant sur ses gardes. John s'approcha et posa sa main sur le vélo.

« T'es devenu le collégien le plus célèbre de tout le bahut. T'es content ?

— Je n'ai pas fait ça pour ça.

— Oui, c'est ce qu'on dit, une fois qu'on est devenu connu.

— Je ne suis connu de rien du tout ! Je ne suis personne ! Dans les jours qui viennent, tout le monde sera passé à autre chose.

— Moi, je ne passerai pas à autre chose. Je n'oublierai pas cet affront. C'est moi le boss ici, Ben. Bonne soirée, le crapaud ! » termina-t-il en ricanant.

John et ses acolytes laissèrent filer le jeune garçon. Ben pédala très vite, pour rejoindre sans perdre de temps sa maison. Quelques larmes, de fatigue sans doute, se mirent à couler sur ses joues. Il ne cherchait pas les disputes. Il ne se prenait pas pour une star, car il n'en était tout simplement pas une. Il n'y avait aucune raison d'être jaloux de lui, pensait-il. « Les stars, je peux comprendre qu'on puisse les envier... Mais mon numéro de scène, c'est juste une illusion ! Je n'ai pas voulu faire de tort. Je ne suis personne. »

La nuit tomba très vite. Ben avait beaucoup de devoirs à faire, ou plutôt à rattraper ! Il n'eut pas vraiment le temps de penser à tous ces « mini-événements » qui s'étaient produits dans sa vie. Il rangea la mini-altercation de fin de journée dans une case vide de son esprit. Tout ceci était pour lui « des histoires de collège, qui vont très vite rentrer dans l'ordre ».

En revanche, il songeait toujours à la jeune fille muette. Il désirait fortement se rapprocher d'elle, pour discuter sur un feuillet de papier. Il voulait savoir ce qu'elle avait pu ressentir, en observant un spectacle sans aucun son. Selon lui, elle était sans doute la plus apte d'entre tous à juger sa prestation. Dans le flot de commentaires, le sien aurait été le plus important. Car, contrairement à ceux qui avaient la chance d'entendre, elle n'avait pas pu être happée par les mélodies ensorcelantes de Jackson.

Ben avait de la peine pour cette jeune fille, qui était coupée du monde. Il ressentait sincèrement sa solitude, son isolement. Il ressentait une réelle compassion. Maintenant qu'il était devenu la mascotte du collège, on venait sans cesse lui parler. Pour lui, c'était devenu facile. Mais malgré tout, il n'oubliait pas d'avoir été très longtemps une sorte de fantôme dans les couloirs. Il n'oubliait pas d'avoir été invisible, des années durant, sauf pour quelques personnes avec qui il avait tissé des liens d'amitié.

Or Éloïse, elle, n'avait pas d'amis. Elle restait seule chaque jour, depuis la rentrée. Personne ne venait lui parler. Sa seule compagnie était un chat errant, qui s'infiltrait de temps à autre dans le collège. Elle dessinait beaucoup, des choses mystérieuses que personne n'avait pu voir. Ben jetait souvent des regards en direction de la jeune fille. Chaque jour ou presque, il la croisait dans un couloir. Hélas, elle avait toujours les yeux baissés.

Son seul et vrai contact avec la jeune fille, très succinct, eut lieu dans la bibliothèque. Le jeune garçon, un peu maladroit par nature, fit tomber un livre sur la tête d'un surveillant. Tandis qu'il se faisait naturellement apostropher, il lança un discret sourire en direction d'Éloïse. La jeune fille fronça ses yeux verts et esquissa un sourire laconique. C'était la seule fois où Ben fut indirectement complice avec elle. Il n'eut pas besoin de discourir, de s'exprimer par des gestes... la situation imprévue avait fait le travail à sa place.

Les jours qui suivirent, il ne trouva pas d'occasion pour venir à sa rencontre. Alors il l'observait, pendant les intercours et la cantine, caressant le chat ou dessinant des choses, encore et encore. Il regardait sa robe se plisser à chaque bourrasque de vent... et ses cheveux s'enrouler sur ses épaules couleurs crème. Avec du recul, Ben regrettait formellement de n'être pas allé « au moins une seule fois » à son contact. Non pas qu'elle n'attendît que cela, mais un peu de compagnie lui aurait sans doute fait plaisir. Il en était convaincu, le jour où il comprit qu'elle s'était occupée de la préparation du spectacle. Simplement pour ne pas rester seule. Pour qu'elle compte enfin un petit peu, aux yeux des gens qui la côtoyaient.

« Je vais aller parler à Éloïse dès que je la revois au collège. Ce n'est pas gentil ce que je fais. »

Ben ferma la lumière et s'endormit profondément. En pensant à sa belle, à son héros évidemment et à la charge de travail qui l'attendait le lendemain...

Le cours de sport débuta copieusement. Tôt le matin, le professeur d'EPS demanda à la classe de faire cinq fois le tour du stade. Cédric et Ben trottinèrent ensemble, afin de s'encourager mutuellement. Le « Ben Jack'son Circus » s'était un peu calmé. Comme le jeune garçon l'avait prédit, les collégiens passèrent progressivement à autre chose. Dans un sens, cela le soulageait. Cédric, qui avait l'air plutôt en forme, s'adressa à son camarade sans ralentir le pas :

« Alors, tu profites toi aussi de ta nouvelle notoriété ?

— Mouais, je suis surtout en train de rattraper les cours ! Y a le brevet en juin, je te rappelle !

— Oui, pour vous. Moi, je l'ai déjà !

— C'est pratique quand même, d'être surdoué, souffla Ben.

— Tu glandes plus de temps devant la télé et tu reçois plus de cadeaux à Noël, c'est vrai ! Mais sinon, ce n'est pas ça qui ramène des nanas avec de beaux nichons chez toi !

— T'es très pragmatique pour ton âge.

— Normal, je suis surdoué ! Bon, tu m'excuseras, mais je vais devoir accélérer pour arriver premier. Question d'habitude. »

Cédric accéléra le pas et prit la tête de la course. Ben, lui, préférait courir calmement, sans se presser. Et puis de cette façon, il se faisait aussi moins remarquer ! Soudainement, un ballon en cuir projeté depuis le centre du stade frôla sa nuque. Ben s'arrêta brusquement.

« Désolé ! Je n'ai pas fait exprès... »

John et sa bande avaient intentionnellement visé le jeune garçon. C'était une évidence. Ben, un peu déboussolé, préféra continuer sa course plutôt que de rentrer dans des échanges houleux. La balle avait été lancée avec violence. Si elle avait fait mouche, elle aurait conduit sans nul doute sa cible à l'infirmerie. Cédric se retourna.

« Y a un problème mon pote ? Pourquoi t'arrêtes-tu ?

— J'ai... j'ai une crampe à la jambe.

— C'est vrai que ça ne doit pas être facile pour toi de courir normalement ! Tu devrais essayer à l'envers !

— Très drôle.

— Et mince, je finis troisième ! Pourquoi me suis-je retourné pour te parler ? La poisse, j'ai bien couru en plus sur tout le parcours ! »

12 h 30. L'heure de la cantine. Ben, Géraldine et Cédric firent ensemble la queue pour entrer dans le réfectoire. Une bonne centaine de collégiens se pressaient devant la porte d'entrée. L'odeur des plats cuisinés stimulait les papilles. La file semblait interminable.

« Aujourd'hui c'est poulet frites ! L'un de tes plats préférés Ben, souffla Géraldine.

— Ouais, y a même de la glace à la framboise ! lança à haute voix Cédric, pour être sûr que tout le monde l'entende.

— Et alors ? reprit Géraldine

— Bah... rien ! J'ai pas le droit de sortir des choses un peu idiotes des fois, moi aussi ?

— Cédric, arrête de te la jouer play-boy. Ça devient lourd !

— Rah la la, y a plus de respect pour les rocks stars, de nos jours...

— Puis remets tes lunettes, s'il te plaît ! Ça fait trois fois que tu me marches sur le pied ! T'es bigleux sans et tu le sais très bien, reprit la brune un peu boulotte.

— OK, puisque tu insistes... je te présente mes nouvelles lunettes de soleil !

— T'es vraiment incorrigible !

Pendant que Cédric et Géraldine conversaient entre eux, Ben observa attentivement les tables du réfectoire. « Bingo ! » Il aperçut, enfin, la silhouette d'Éloïse. La jeune fille portait une robe blanche décorée de papillons roses. Son bloc-notes et son crayon étaient posés aux abords de son plateau-repas. Elle était assise seule, à une table de six places. Son regard paraissait éteint, voire triste. Personne n'osait visiblement s'attabler à côté d'elle. Ben, peiné aussi, ne supportait plus cette situation. Il demanda à ses amis de le suivre à la table d'Éloïse. Ils l'accompagnèrent sans émettre une seule remarque. Pour faire sans doute aussi plaisir à leur camarade commun.

Le jeune garçon posa son plateau juste à côté de celui d'Éloïse. La jeune fille aux yeux océan leva légèrement la tête. Ben la regarda fixement, quelques instants. Contre toute attente, elle ne baissa pas le regard. Ben sortit un cahier de son cartable, et griffonna quelques phrases sur une feuille blanche.

« *Bonjour, je m'appelle Ben. Je sais que tu t'appelles Éloïse. J'ai cru comprendre que tu ne pouvais pas parler ni entendre, c'est pour ça que j'écris sur une feuille.* »

La jeune fille dessina un joli sourire sur son visage de porcelaine. Elle prit un feuillet et se mit à écrire elle aussi une phrase.

« *Bonjour Ben. Je suis heureuse de faire ta connaissance. J'ai pas toujours été sourde et muette, tu sais. Je voulais te dire que j'ai beaucoup apprécié ton spectacle... malgré le fait que je n'ai pas pu écouter la musique. Mais je me suis imaginé les notes dans ma tête. C'était très harmonieux.* »

Ben tourna la page de son cahier et gribouilla très rapidement la silhouette de Michael Jackson, en train de danser. Il la montra à Éloïse. La frêle jeune fille au teint clair lui lança l'un de ses plus beaux sourires. Ben était aux anges. Elle tourna les pages de son bloc-notes et arrêta Ben sur un feuillet bien particulier.

« Mais, c'est magnifique ! s'exclama Ben à haute voix. Tu m'as dessiné quand j'étais en train de danser ! C'est incroyable, tous les détails ! Je reconnais bien le collège. C'est génial ce que tu as fait ! Tu as énormément de talent ! Oups, c'est vrai, tu ne peux pas m'entendre ! Attends, je vais t'écrire... »

Tandis que Ben était en train de rédiger sa réponse, il sentit un objet frôler ses cheveux. Il se retourna à la vitesse d'une panthère. Un rire bien gras se fit entendre à quelques mètres de lui. John et sa troupe, étaient en train de faire voltiger un CD de « Bad » comme un frisbee.

« T'as vu Ben ! Michael décolle ! Attention, atterrissage prévu dans quelques instants. Attachez votre ceinture.

— Qu'est-ce que tu fous, John ? »

John se leva et s'avança vers le jeune garçon et son groupe. D'un geste lourd, il fracassa le CD en plein centre de la table. Des morceaux de plexiglas volèrent en éclat, dans tous les sens. Éloïse était tétanisée de peur. La carafe d'eau s'était étalée au sol, des bouts de nourriture également. Un silence de plomb assiégea le réfectoire. Le temps s'était arrêté. Curieusement, il n'y avait aucun surveillant dans la salle. John avait choisi le moment opportun pour agir vilement. Le gredin s'empara ensuite du dessin d'Éloïse, puis le déchira grossièrement devant elle. La douce jeune fille se leva et courut en direction du parvis, les yeux en pleurs.

Ben sentit le sang monter en lui. Il jeta sa chaise sur le côté, qui se fracassa trois mètres plus loin. Les élèves formèrent un cercle autour de la scène. Cédric empoigna à l'emporte-pièce son meilleur ami, pour éviter à tout prix la confrontation.

« Pourquoi tu as fait ça, John ? Tu n'as pas honte d'avoir déchiré le dessin de cette fille ?

— Arrête tes mélodrames Ben ! Elle en fera d'autres, des dessins. C'était moche en plus, on voyait Michael. À moins que ce ne soit toi, sur scène, en train d'imiter cette tapette !

— Tu n'es pas obligé d'être grossier, John.

— Je t'aime pas Ben. Pas toi, personnellement. Je m'en fous de ta tronche, à vrai dire. Mais j'aime pas ce que tu représentes. Ta Jacksonmania. Beaucoup de gens, ici, sont du même avis que moi. Seulement, ils n'ont pas le courage de te le dire !

— Parce qu'il faut du courage pour fracasser un CD qui t'a rien fait sur la table ? Parce qu'il faut de la bravoure pour faire du mal à une jeune fille innocente ?

— Il nous empoisonne ton Michael Jackson ! Dans quelques années, tu verras, on n'en entendra plus parler ! C'est du vent.

— Dégage John ! Dégage ! S'il te plaît ! appuya Ben.

— John, écoute ce que dit Ben. Laisse-nous tranquille. Va-t'en !

— Toi Cédric, la rock star, tu ne vaux pas mieux que ton pote ! Tu sais quoi ? Je vais vous foutre la paix. T'as raison. Je vais vous laisser dans votre délire. Vous me faites tous les deux pitié, en fait. Vous ne méritez même pas que je vous adresse la parole. Retournez dans les couches de votre mère.

— Et toi, essaye de les quitter ! lâcha Cédric.

Le surveillant débarqua dans la cantine. Trop tard, bien évidemment. John et ses acolytes quittèrent le réfectoire. Ben constata autour de lui l'ampleur des quelques dégâts. Il quitta lui aussi la cantine et se mit à pleurer, comme un enfant. Il se cacha dans l'ombre. Cette ombre qu'il avait eu l'habitude de côtoyer, des années durant. Bien avant qu'il ne devienne celui qu'il regrettait, à cet instant, d'avoir été... Ben Jack'son.

Le jeune garçon n'alla pas en cours de la journée. Il prit son vélo et fila le plus loin possible en ville. Il s'enfonça dans les profondeurs de sa cité. Il espérait de tout cœur qu'Éloïse ne soit pas trop choquée, et qu'elle ne lui en veuille pas trop. Indirectement, il en voulait aussi à Michael Jackson.

Histoire de se changer les idées, le jeune garçon rentra dans une papeterie et s'acheta un exemplaire du magazine musical « OK Podium ». Une source d'infos incontournable, à une époque où il n'y avait pas Internet. Michael Jackson faisait la couverture. En feuilletant la revue en détail, il prit conscience d'une vérité lourde à porter. Ce fut comme une révélation : en regardant avec précision les articles et les photos, il comprit que le commun des mortels s'intéressait hélas davantage aux frasques de l'artiste qu'à sa musique. Il prit conscience de la partie immergée de l'iceberg. Que ses perceptions à lui, de la star, n'étaient pas générales.

Michael était étrange, Michael était excentrique et au final Jackson faisait peur. Voilà ce que véhiculait la majorité des journaux. À compter de ce jour, pour Ben, plus rien ne serait comme avant. Il savait qu'il devait faire un choix et l'assumer jusqu'au bout. Contre vents, marées, et tempêtes médiatiques.

Animé par la passion jusqu'au plus profond de lui-même, investi par la toute puissance de la musique du Roi de la pop, Ben n'eut pas à réfléchir très longtemps pour prendre sa décision. Le choix de sa vie : devenir le porte-étendard de Michael Jackson.

> *« À l'époque, on ne connaissait pas Internet. Ma source d'infos, c'étaient les magazines. « OK Podium » était mon préféré. Je lisais des livres aussi. J'en achetais assez régulièrement, quand j'avais quelques pièces sur moi... J'achetais aussi des CD, de temps en temps. C'est en lisant les tabloïds que je compris pourquoi on se moquait de moi ! Dès lors, je fus intrigué moi aussi par son physique. Je commençais à m'intéresser autant au personnage qu'à la musique. Je remarquais qu'il était vraiment très blanc... et que ce n'était pas que du maquillage. Il y avait un article dans un magazine ou l'on détaillait ses opérations par dizaines. Ça me mettait mal à l'aise.*
>
> *J'ai fait de la dermabrasion pour effacer l'acné. Dans un sens, j'ai un peu vécu ce qu'a vécu MJ. J'ai lu dans de nombreux forums que j'ai fait de la chirurgie esthétique. C'est totalement faux. Je mise sur les effets de scènes et le maquillage. Je mise sur l'imitation naturelle, si j'ose dire. Quand à ma ressemblance physique avec la star, notamment à partir de mes 20 ans, elle est le fruit du hasard. La nature a fait les choses toute seule.*

Je pense cependant avoir fait, sur plusieurs années, du mimétisme. Si Michael n'avait pas fait de chirurgie esthétique et s'il n'était pas devenu blanc, je n'aurais peut-être pas fait ce métier. »

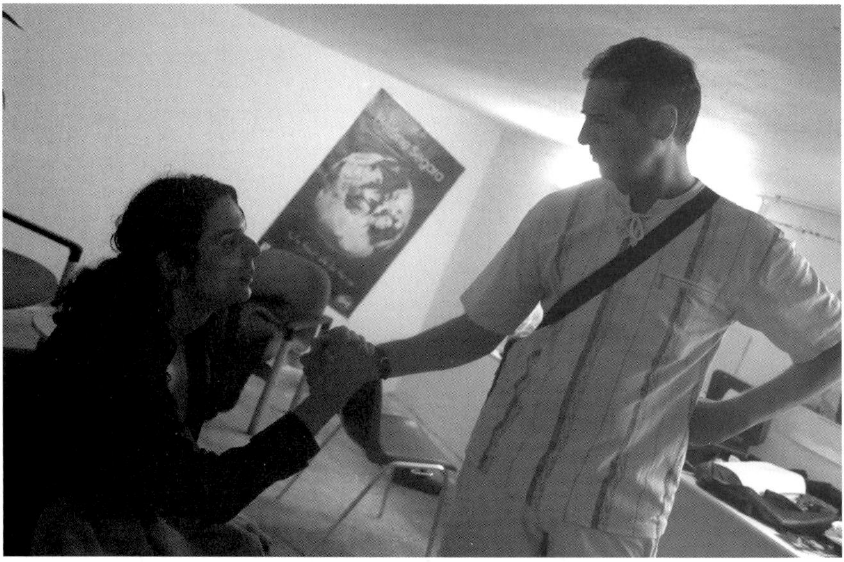

Sortant de scène, François Guerrini (MJFrance) vient me saluer.

10
9
10
11

A londres, sur le fameux mur de l'O2

5
La voie royale

Breïm sortit une cigarette de sa poche de pantalon. Il regardait désormais Ben avec une certaine aménité. Et considération, aussi. Le professeur se redressa pour se dégourdir les bras. La nuit était presque tombée. Il n'y avait plus grand monde dans la faculté. Hormis, bien sûr, deux personnes assises sur un banc. L'historien toussota et prit la parole :

« C'est donc comme cela que tout a commencé ! Ici, dans cette cour ?

— Oui, exactement. Vous devez donc le savoir, cette faculté était il y a très longtemps mon collège. Avant qu'on y fasse des travaux d'extension…

— Avant que vous ne continuiez à m'expliquer votre parcours, puis-je savoir ce que sont devenus vos amis ? Cédric, la petite Éloïse…

— Bien sûr. À vrai dire, je m'en souviens comme si c'était hier… Cédric a réussi à sortir avec Julia, la fille dont il s'était amouraché. Quant à moi, les filles ne m'intéressaient pas vraiment à l'époque. La majorité d'entre elles n'aimaient pas Michael. Elles disaient souvent qu'il ressemblait à un singe, qu'il ne fallait pas que je l'imite. Michael était très étrange, il est vrai. Ce qui est étrange fait peur ou dérange, c'est bien connu. On me comparait souvent à Jackson, on me trouvait aussi de plus en plus bizarre. On me prenait pour un gars étrange. Les filles ne voulaient pas sortir avec un gars étrange. Elles aimaient bien ce que je faisais, certes, mais pour le reste elles avaient une lourde appréhension. On me percevait comme un extraterrestre.

— Et la petite Éloïse ? Que s'est-il passé ensuite, après la confrontation à la cantine ?

— Il y avait une amitié très forte, entre elle et moi. C'est évident. Elle était si gentille, si pure. Comment pouvait-on ne serait-ce que penser lui faire du mal ! Mais ça remonte à très loin tout ça. Notre relation amicale n'aura jamais vraiment abouti, faute de se voir...

— Vous disiez que vous aviez fait le choix d'assumer à fond votre passion pour l'artiste...

— Les mois suivants, nombre de mes fréquentations voulaient voir si j'avais changé. Ce n'était pas le cas, j'étais toujours aussi fan de Michael ! Mais les choses rentrèrent relativement dans l'ordre. Les enfants étaient passés à autre chose. Les professeurs, eux, étaient restés naturels avec moi.

— Vous êtes remonté sur scène assez vite ?

— Je rêvais naturellement de remonter sur scène, faire des spectacles. J'avais acheté une cassette d'un concert de Michael. Je répétais chaque jour, ou presque, sur tout l'enregistrement ! À n'importe quelle heure, parfois même la nuit. J'essayais de faire le moins de bruit possible, pour ne pas réveiller mes parents. Ce n'était pas évident, à cause de ce fichu magnétoscope. Cette relique faisait un bruit monstre dans toute la maison ! Pour parfaire ma gestuelle, il fallait que je travaille beaucoup.

— Vos heures de travail, elles ont fini par payer ?

— Un peu, heureusement. À la fin du collège et durant mes années lycées, je n'étais bien sûr pas encore sosie professionnel mais j'avais eu des commandes. Des demandes de représentations pour des associations, fêtes privées, etc. Ça me rapportait un peu d'argent de poche. Mon parcours a été relativement chaotique, jusqu'à mes vingt ans bien entamés. J'ai connu la galère. Vraiment. »

Ben sortit un papier de sa poche, et le montra au professeur interloqué.

« Qu'est-ce donc ?

— Mon premier contrat en tant que professionnel. Ma première commande, si vous voulez. Je devais avoir dans les 16 ans.

— Ben, c'est une véritable pièce de collection !

— C'est surtout un souvenir. Je l'ai amené avec moi pour vous le montrer. Pour que vous m'accordiez du crédit.

— Mais je vous crois Ben !

— J'ai donné des milliers de spectacles, fait plusieurs fois le tour du monde, ai été le sosie le plus courtisé au final. J'ai joué devant des milliers de personnes. Parfois des scènes de plus de 6000 spectateurs, voire plus. Les gens applaudissaient parfois Jackson, parfois Jack'son, parfois les deux en même temps !

— C'est parce que vous aviez sans doute du talent Ben. Le talent de faire illusion.

— Une illusion... À ce propos, j'aimerais vous montrer quelque chose, professeur. Voulez-vous m'accompagner en voiture ? C'est à vingt minutes d'ici. Pendant ce temps, si vous le souhaitez, je pourrai vous expliquer en détail mon ascension... »

Le professeur regarda sa montre. Il acquiesça.

« Oui, je veux bien que vous me guidiez à votre endroit secret. Vous m'expliquerez aussi comment vos fans vivaient vos spectacles, comment vous avez réagi à la disparition de Michael… Tout ceci m'intéresse.

— Vous allez tout savoir. Je suis venu pour cela.

— En contrepartie, c'est moi qui vous montrerai quelque chose, après…

— Vous m'intéressez professeur. »

« Devenir sosie professionnel a été un chemin semé de doutes et d'encouragements. Ce fut un processus long, qui m'a demandé près de 20 ans de travail. J'ai eu des félicitations, des moqueries… J'ai dû appuyer Michael plus d'une fois, pendant ses procès. J'étais l'un des seuls à le défendre dans la presse, à la radio ou sur un plateau télé. Dès l'âge de 16 ans, j'ai donné des spectacles régulièrement. Au Lycée, en privé, pour des anniversaires, des associations. J'étais devenu dans la région, puis en France, le spécialiste attitré de Michael Jackson. L'un des premiers imitateurs aussi.

Pour parfaire mes connaissances, j'ai acheté sa bio puis je me suis mis à analyser ce que j'avais en commun avec lui. J'ai compris qu'il avait un but dans la vie. J'ai analysé cela tandis que je faisais des études de psychologie, à la Fac de Lyon. Je m'intéressais à l'être humain.

Je pense que j'ai un lien avec lui, inconsciemment. Sur scène, je me dédouble. Ce processus m'intéresse. Je me suis demandé plus d'une fois si j'étais fou! On m'a dit habité, en transes... alors que je me laisse simplement guider par sa musique. Pour moi, c'est surtout un exercice de style. Du théâtre. Je m'imagine ce qu'il aurait comme posture, comme mimique... Hors scène, je ne suis pas Jackson.

Les études de psychologie m'ont permis d'en savoir plus, aussi, sur la personnalité de Michael Jackson. Je suis devenu plus fort. J'ai commencé à m'endurcir. Je pense vraiment que « tout ce qui ne tue pas rend plus fort », comme disait Nietzsche.

J'ai joué plus d'une fois dans des discothèques miteuses. J'ai dû composer avec des loges moisies... j'ai goûté à la vie d'artiste, avec aussi ses mauvais côtés. J'amusais la galerie. Bien souvent, j'avais la sensation de ne servir à rien. J'ai reçu de nombreuses moqueries. Elles me touchaient doublement, car on se moquait de moi mais aussi de mon idole.

Dans une discothèque à Lyon, je me souviens m'être produit avec quatre frères danseurs. Je les appelais les « Smarss ». Un jour, j'ai joué en solo à 4 heures du mat'. J'avais interprété « Jam ». Il y avait devant moi cinq mecs bourrés. Pendant que je dansais, ils crachaient: « C'est zéro, c'est zéro! » durant toute la chanson. Personne n'est venu les sortir, leur physique de rugbyman étant sans doute trop intimidant. Difficile de faire son numéro devant ce type de personnes. Je voulus sortir au moins cent fois, mais je me suis dit que si je sortais, ils gagnaient! Alors j'ai tenu le coup, mais on m'avait blessé. Je doutais de mon travail. Je pleurais dans les loges. Ma première raclée, digne d'un bizutage, m'a décontenancé pendant un mois. Je ne voulais plus faire de spectacle. Mais j'ai repris. Je suis un battant dans l'âme, comme l'était Michael!

Le public lyonnais est très difficile. Il est réputé pour cela! Quand je teste un spectacle en avant-première, je le fais toujours à Lyon. De nombreux artistes font cela également, aujourd'hui! »

Breim roulait vers une destination qui lui était inconnue. Intrigué par le personnage assis à ses côtés, il continuait de poser des questions. Ben y répondait sans se forcer, avec une certaine aménité. Le professeur alluma la radio. L'antenne passait un vieux jazz des années 1960.

« Vous êtes tombé sur la radio Ultra Nostalgie! Cette époque paraît loin n'est-ce pas? fit le professeur d'un ton sérieux.

— Je ne l'ai pas connue, je n'étais pas né.

— Moi non plus, à vrai dire. Mais vous voyez, elle m'intéresse tout autant que celle d'aujourd'hui.

— Faire de l'histoire, n'est-ce pas de l'utopie finalement ? lança Ben. Car on remonte le temps, mais si ça se trouve le passé n'est qu'une illusion. Vu qu'il n'existe plus, de quoi parle-t-on alors ?

— Vous êtes assez réfléchi, comme personne. Ça me plaît ! Comme vous dites, on n'est jamais sûr de rien dans la vie. Mais il faut savoir faire des choix. Si j'enseigne l'histoire, c'est parce que je pense que les vibrations du passé continuent d'avoir des répercussions sur notre présent et dans le futur. Un peu comme une onde sur l'eau, vous voyez. Je pense que le passé existe finalement toujours, mais qu'il nous est physiquement inaccessible.

— Le passé serait donc vivant ?

— Le passé est vivant, oui Ben. Mais pas de la façon dont nous l'imaginons. La courbe du temps n'a pas de point A et de point B, il n'y a pas de finalité. Mais tout ceci dépasse l'entendement humain ainsi que la raison. On ne sait pas tout du monde et de l'univers, vous savez ! Peut-être que le temps forme une parabole, une boucle sans fin... Nous n'en savons rien ! Et rien ne dit que nous saurons un jour.

— Vous allez loin. Enfin, vous vous lâchez professeur ! Pour la peine, je vais nous rechercher un bon vieux rock'n'roll sur la radio !

— J'aime bien le rock, lâcha l'historien.

— Votre raisonnement se rapproche du mien. Quelque part, cela me rassure. Vous voyez, on était peut-être fait pour se rencontrer finalement ! lança Ben.

— Ou alors, hypothèse inverse, tout ce que je dis est faux. Et j'aurais donc passé ma vie à baigner dans une illusion? À analyser des choses qui n'existent plus, donc pas? Ressusciter des fantômes, de véhéments rois ou sombres tyrans? Et, de fait, péché toute ma vie?

— Vous avez fait un choix, vous aussi, d'assumer votre passion. De la vivre pleinement et de la transmettre. Nous avons un point commun manifeste.

— Si je me suis enfermé dans mes livres, c'est en partie parce que je ne voulais pas avancer, souligna le professeur. J'ai perdu ma femme dans un accident, à l'âge de 29 ans...

— Monsieur Breïm, je... je suis désolé. Je ne souhaite surtout pas réveiller de douleur en vous, lança Ben gêné.

— Mon épouse est morte le jour même où j'ai reçu mon diplôme, ironie du sort. On devait le lendemain acheter une maison, on avait prévu de faire un enfant. Je l'aimais. Son odeur, ses yeux... Elle était ma vie. À partir de cet instant, mon existence n'avançait plus vers l'avant mais se dirigerait à reculons. Je me suis alors immergé dans les livres comme on plonge dans l'alcool. À la recherche d'une solution improbable dans les écrits de l'humanité, pour la ramener à la vie. Je priais chaque jour pour qu'un miracle se produise, que je puisse passer les strates des dimensions et la revoir. Me revoir avec elle. Voir de nouveau ses yeux briller.

— C'est fort ce que vous dites professeur.

— Un jour ou l'autre, chacun d'entre nous cherche au moins une fois dans sa vie à remonter le temps. Pour une raison qui lui est propre. Moi, je n'ai cessé de le faire une seule seconde, jusqu'à aujourd'hui.

— Je vous remercie de vous confier comme vous le faites. Vous n'étiez pas obligé. J'apprécie et cela m'intéresse également, vous savez.

— Prenez-le comme un échange de bons procédés. Mais je n'aurais peut-être pas dû vous dire tout cela… Je m'en excuse d'ailleurs, soupira le professeur

— Non, au contraire ! C'est intéressant pour moi de savoir à qui je me confie. Quand à votre femme, je…

— Vous n'avez pas à vous sentir mal à l'aise avec cela. Ça remonte à tellement de temps, vous savez Ben… Même si, dans mon cœur, le temps semble s'être figé à jamais. »

Le professeur observa une minute de silence. Ben en fit de même. La voiture torsadait sur un sentier forestier peu éclairé. Breïm alluma ses phares. Les branches dessinaient sur le goudron des silhouettes étranges et allomorphes. La pleine lune coupait la route jonchée de cailloux d'un pâle reflet équipollent. Breïm s'alluma une énième cigarette et reprit la conversation.

« Nous sommes encore loin Ben ?

— Non, nous approchons de cet endroit secret. C'est toujours tout droit sur cette route.

— Eh bien puisqu'on a encore du chemin à parcourir semble-t-il, vous pourriez me dire comment vous êtes devenu sosie professionnel ? Pour revenir dans la discussion !

— Hum, oui, si vous le souhaitez… J'avais réussi ma première année de psychologie, nous étions en 1993. Je retournais de temps à autre à Nantua, chez moi. Un jour, une petite radio locale contacta mes parents. Monsieur Molina, le directeur, souhaitait que je fasse mon numéro à la foire de Bellegrade. À l'issue de ma représentation, monsieur Molina appela le directeur de promotion de RMC, un ami à lui. Il s'agissait de Gérard Sibelle. C'est cet homme qui a boosté réellement ma carrière. C'était un individu important et charismatique. Gérard m'appela et me demanda de faire la première partie de Dave, pour fêter les 10 ans de la gare de la Part-Dieu, à Lyon.

— Vous l'avez fait ?

— Oui, c'était le 10 octobre 1993. C'était ma première rencontre avec un vrai artiste reconnu, sur une grande scène. J'ai dansé devant 4000 personnes ! J'ai saisi ma chance. C'était le jour et la nuit, par rapport à mes pénibles expériences en discothèques.

— Vous n'aimiez pas trop les discothèques, il me semble ?

— Trop sombres, trop confinées... c'était pas mon truc. Michael non plus n'aimait pas ça.

— Poursuivez votre récit.

— Le spectacle de la Part-Dieu était pour moi un pari risqué et très stressant ! 4000 personnes, vous imaginez ! J'ai vu les camions RMC débarquer. Je me suis dit, ce jour-là, que tout commence ou tout s'arrête ! Je n'avais pas dormi de la nuit, j'appréhendais énormément la prestation. J'avais acheté du maquillage de haut vol pour professionnaliser mon show. Rencontrer monsieur Sibelle a été une chance. Il avait déjà aidé d'autres artistes.

— Certes, mais il fallait aussi du culot pour danser devant autant de personnes, les caméras, les photographes, la presse... Tout le monde ne devait pas en être capable !

— Ce qui était très stressant pour moi, c'était le fait que je devais faire à tout prix du Michael Jackson. C'est-à-dire que je ne pouvais pas me lâcher comme si je dansais moi. J'étais sur scène pour travailler, il fallait donc que j'imite les moindres mouvements de Michael à la perfection. À cette époque, nous étions en plein cœur de la période « Dangerous ». La star avait fait encore évoluer son style. Son orientation encore plus décalée laissait plus de place à l'improvisation. Ça tombe bien, car ceci était mon point fort !

— Que s'est-il passé les premières secondes avant le spectacle, en coulisses ?

— Je me souviens d'avoir dit à Dave que c'était ma première grande scène. Il comprenait, lui aussi avait connu ça. Alors il m'a encouragé de bon cœur avant mon grand saut. Mon palpitant battait la chamade. Mais pour me calmer, je pensais fort à Michael. Je m'imaginais à sa place, avant de monter sur scène. Lui, c'était plus de 50 000 spectateurs qu'il devait affronter, parfois plus ! Alors à comparer, je n'avais pas de quoi me plaindre ! Puis surtout, je savais que j'allais me faire plaisir à chaque instant. Il y avait surtout de la joie. Je sentais que j'allais m'éclater. Il y avait des fans de Michael, partout. Ils me donnaient vraiment de l'énergie. Je faisais ça aussi pour eux.

— Votre prestation terminée, que s'est-il passé ensuite ?

— Les applaudissements m'ont beaucoup réconforté. Rassuré même, je dirais aujourd'hui. Ça voulait dire : c'est bon, Ben tu as passé l'épreuve ! Ce podium RMC m'a définitivement lancé. Sibelle m'a convoqué après le show. Il m'a proposé de participer à une tournée prévue en 1994, avec des stars de l'époque comme G Squad, Alliage, Larusso... cette tournée m'a ouvert des portes. Je disposais enfin d'un bon CV. On m'avait programmé pour le 14 juillet à Lyon. Ce retour fut triomphant. Plus je rajoutais de références, plus j'en demandais. J'avais une vraie soif de spectacles, de musique, de rencontres avec le public. J'étais content et fier de cette envolée. Mon père était aussi fier de moi. Il avait d'ailleurs découpé mon premier article de journal.

— Il y a eu des passages à vide quelquefois, non?

— On m'a souvent découragé, mais j'étais tenace! Je n'avais pas d'esprit revanchard. Je cherchais juste à faire toujours mieux. Ma vie, c'est la scène, depuis que je suis petit. J'ai continué des années durant à peaufiner mes spectacles. Je tirais parti de toutes mes expériences.

— Des mauvaises expériences aussi?

— Oui. Un jour, je suis tombé de scène par mégarde. Je n'avais rien de cassé, mais j'en ai tiré des leçons. Pour ne plus prendre de risque, il fallait professionnaliser un maximum le show. Comme les grands artistes, il me fallait des éclairages, une sonorité et un espace de danse spécifiques. Ça ne pouvait pas marcher autrement.

— Vous avez eu des remises en question? Des doutes?

— Oui, assez souvent. Comme tout le monde. D'ailleurs, pour l'anecdote, j'ai chuté durant un moment où je me posais des questions! Parfois, je me demandais vraiment ce que je fichais là, sur scène, devant le public! Je me demandais si tout cela avait réellement un sens, si je ne me montais pas un cinéma! Je n'étais pas Michael Jackson, mais il fallait que je fasse du Michael Jackson. C'était plus fort que moi. Il y a eu aussi une période de doute très importante, le jour de sa disparition. Je me suis enfermé sur moi-même pendant plusieurs semaines. Des centaines de gens, des amis, la presse, cherchaient à me contacter. Je ne savais pas quoi dire, je n'avais pas de mots assez forts à vrai dire. C'est vraiment durant cette phase que j'ai eu sans nul doute ma plus forte épreuve et remise en question. Mais je décidai, une fois encore, de continuer. De reprendre les spectacles. The show must go on...

— Mais des spectacles hommages ?

— Oui, les spectacles se transformèrent en hommages. On appelle cela dans le jargon des « Tributes shows ». J'étais devenu le remplaçant de Michael Jackson, dans le cœur de nombreuses personnes. Cela me touchait dans un sens, mais je n'avais pas imaginé une chose pareille étant gosse.

Lettre ouverte à la presse, à la suite de la disparition de Michael Jackson :

« S'il vous plaît mesdames, messieurs les journalistes, voulez-vous arrêter avec cette histoire de sosie officiel ? Je ne me suis jamais autoproclamé « officiel », et d'ailleurs personne ne l'est... Celui qui oserait se le proclamer me fait déjà rire, et je vous propose d'ores et déjà l'idée de l'inviter à un gag télé, ou une émission sur les plus grands mythomanes ! À part le fait que j'ai eu la chance de paraître sur son site officiel MJJSource, ou participé à la promo de l'album lors de la soirée de lancement, ou de l'approcher en personne, le mot « officiel » me paraît vraiment excessif. Non, je ne le suis pas, et ne le serai jamais !

Quant à l'histoire du film « This is it », j'ai reçu beaucoup de questions pour savoir pourquoi j'ai refusé de le présenter ou me rendre « officielle-

ment » à la sortie du film, ou même présenter mon show avant le film... Eh bien simplement, parce que je trouve qu'il faut une sacrée dose d'opportunisme et d'irrespect envers MJ pour avoir le culot de le faire ! J'ai eu effectivement une vingtaine de propositions de cinéma me sollicitant pour le faire. Nous avons tout refusé.

Personne ne mérite cette initiative et je trouve déplacé et totalement gonflé de le faire, surtout avant un tel film : le dernier héritage de Michael. Ce n'est pas un film comme les autres, c'est un document puissant et tragique dont il faut comprendre la teneur. Ce qui s'est passé est grave, et pour cette fois-ci, pardonnez-moi d'avoir laissé ma tenue de Ben Jack'son au placard. Me donner en spectacle pour cette occasion me paraît indécent. Je remercie le groupe de fans que j'ai vu dans cette salle de ciné et qui est venu me soutenir et a respecté ma discrétion, au plaisir de vous revoir dans des circonstances plus heureuses.

Je reviens de la projection du film. J'ai choisi un cinéma éloigné de Lyon, et un horaire plus calme pour le regarder.

Le sous-titre du film est « comme vous ne l'aviez jamais vu auparavant ». Ce sous-titre évoque tellement de choses, fantasmagoriques. Et vous savez de quoi je veux parler, comme la traduction de la dure réalité qui m'a éclatée aux yeux ce soir. Michael a en effet changé, il est passé à une autre étape de réflexion, et son Art est devenu un jouet qu'il peut modeler à sa manière. J'ai vu le même génie dans le chant, sa façon de diriger une industrie derrière lui. J'ai aussi vu son obsession à vouloir atteindre et/ou dépasser ses propres limites... Or les années sont là. Michael pense en « arrondi », je ne sais pas comment l'exprimer... Il y a des choses qui lui transpercent l'oreille.

Michael est toujours aussi perfectionniste. Il met le son très fort et sent les vibrations. Si quelque chose ne tourne pas rond, il arrête tout et explique en images ce qu'il veut. Cette scène m'a particulièrement touchée. C'est ce qu'il est devenu : une fine bouche de l'Art Michael Jackson, et son pointillisme est à son apogée. Les premières notes de « The way you make me feel » au piano ne sonnent pas bien à son oreille. Il demande donc un jour supplémentaire pour parfaire une SEULE note ! J'ai aimé, j'ai souri, au milieu de mes larmes. Michael Jackson a atteint une autre dimension, et il voit le monde différemment. Il nous donnait quatre ans pour tout rétablir et revenir à la normale.

Je suis bouleversé par ce film, parce que Michael a beaucoup évolué, plus qu'on ne le pensait. Ses pensées deviennent des images rédemptrices, il aime les gens, il chante divinement bien, mais son corps ne suit plus trop. Kenny Ortega le ménage, ordonne des pauses de dix minutes. Michael est passionné et se tue sur « Beat it ». L'apogée du film reste « Smooth criminal », avec le film noir et blanc... en background Humphrey Bogard (comme par hasard — enterré aussi à Forest Lawn). Mes souvenirs reviennent, je me revois encore dans cette salle de ciné, adolescent, dans ma petite ville, en décembre 1988, pour la projection de « Moonwalker ». Nous avons raté quelque chose d'extraordinaire. »

Breïm s'alluma une nouvelle clope. Il semblait mémoriser chacune des phrases de son interlocuteur. Son histoire l'intéressait sincèrement.

« Vous êtes devenu imitateur professionnel à temps plein précisément quand ? reprit le professeur.

— Je suis devenu sosie professionnel à plein-temps en 2007. Soit avant sa disparition, je précise. C'était devenu un choix de vie, une rencontre aussi avec une nouvelle maison de production... L'activité s'est bien sûr accélérée début 2009... Mais vous savez professeur, en 1993, j'étais déjà pro. Mais on va dire qu'avant 2007, je faisais de l'imitation par intermittence.

— Vous faisiez des jobs aussi à côté ?

— En plus de mes études, j'ai travaillé pour un institut de sondage. Début 2000, je me suis lancé dans la création de sites Internet. L'image de Michael n'était pas reluisante à cette époque. J'ai eu plus de difficultés pour en vivre. J'ai donc trouvé du travail dans le domaine de l'informatique. Mais tous les week-ends, je partais en gala pour faire du

Jackson. Dans tous les milieux que je fréquentais, je me suis senti comme son avocat. Même pendant les procès, je n'ai jamais douté de lui une seule seconde. En l'espace de 20 ans, j'ai fait une vingtaine de télés au moins (C'est mon choix, la Méthode Cauet, On a tout essayé...). En comptant les anniversaires, soirées, galas et autres, j'ai fait plusieurs milliers de spectacles.

— Vous ne ressentiez pas de répétitivité, à force ?

— À chacun de mes spectacles, il y avait de la magie ! C'était toujours différent. Je ne faisais jamais les choses de la même façon. J'avais toujours autant le trac. Souvent deux heures, trois heures avant. Mais plus les premières secondes avant le lancement de la fusée... Professeur, veuillez prendre la voie du sentier de droite. Nous arrivons. »

6
Le moment de vérité

La voiture s'engagea dans une mince allée d'apparence plutôt sordide. La route était très sinueuse. Le véhicule fila à la manière d'un train fantôme. Le ciel violacé était dissimulé par les branches d'épais arbres noirs. En contrebas de la route, des baliveaux parfaitement alignés annonçaient la survenue d'un lieu privé. Le chemin, qui s'était transformé en allée, plongeait vers un mystérieux manoir entouré de clôture. La quasi-totalité de ses façades grisâtres étaient voilées par la brume.

Breïm ralentit le pas puis gara la voiture sur le bas-côté. À quelques mètres du lourd portail d'entrée finement orné. Il laissa les phares allumés. Des volatiles tournoyaient autour des pics rouillés qui dardaient vers le ciel. Le lieu était très silencieux. Ben sortit le premier. Breïm ferma le contact et claqua lui aussi la porte. Il ouvrit le coffre et sortit une lampe de poche.

« Quel est cet endroit, Ben? Pourquoi souhaitiez-vous venir ici avec moi?

— Éclairez le haut du portail, professeur.

— Oui, si vous insistez... Mais... qu'est-ce que...

— Vous voyez?

— C'est… C'est incroyable ! Il y a le blason de Michael Jackson estampillé Neverland, avec les initiales MJ ! Qu'est-ce que cela signifie ?

— Je n'en sais rien, professeur. Je voulais juste vous montrer cet endroit. Et accessoirement, constater que je ne suis pas sénile.

— Comment se fait-il que je n'ai jamais vu ce lieu ? À quelques kilomètres de la ville, en pleine campagne ?

— Il semble qu'on ne puisse pas s'y rendre la journée.

— Cette demeure… elle me fait penser à quelque chose… Mais oui, bien sûr ! Ça me revient maintenant ! Mais, c'est absurde ! C'est totalement impossible ! Il s'agit de la réplique exacte du manoir du vidéoclip…

— « Ghost » !

— Pourquoi ne m'en avez-vous pas parlé avant, Ben ?

— Peut-être pour éviter de passer pour un fou, durant les premières minutes de notre rencontre. Pour chasser de mon esprit ces choses auxquelles je n'ai pas le droit de croire. Je pensais qu'il s'agissait d'une illusion.

— De quelle façon êtes-vous arrivé ici ?

— Par hasard, il y a quelques années, en m'égarant la nuit. Je devais me rendre dans une soirée privée où l'on fêtait l'anniversaire de Michael Jackson. J'ai pris une mauvaise traverse. Je me suis retrouvé là. Je n'en croyais pas mes yeux, comme vous. Je suis ensuite rentré chez moi, préférant oublier ce que j'avais vu. En fait, j'étais convaincu d'avoir rêvé. Mais il se trouve que non, puisque vous êtes à mes côtés, lors de cette deuxième visite…

— Il doit bien y avoir une explication concernant la présence de cette demeure ! Une personne fortunée, qui a souhaité reproduire à l'identique le manoir culte de son idole… Il y a du Michael Jackson ici, c'est évident ! Il y a un truc qui ne tourne pas rond. Il faut rentrer dans cette demeure, Ben ! Pour en avoir le cœur net ! Je suis tout excité ! Cela me rappelle mes parties de cache-cache, quand j'étais gamin.

— Cette demeure m'attire aussi, curieusement. Il y a peut-être une chose importante à l'intérieur…

— Vous êtes le seul à connaître cet endroit, semble-t-il, d'entre tous les fans de Jackson ! s'exclama le professeur. C'est un signe !

— Je vous sens encore plus enthousiaste que moi professeur ! Je me trompe ?

— Je suis un chercheur, Ben. Un aventurier. Vous m'apportez ici sur un plateau ce que je recherchais depuis longtemps : de l'étonnement et des questions. De nombreuses questions !

— Alors, je prie pour que vous nous obteniez quelques réponses.

— D'instinct, je dirais que cette incroyable demeure semble inhabitée. Il faut qu'on y pénètre absolument. Je suis certain que nous y trouverons des réponses, Ben. Autant pour vous que pour moi. Il fallait que l'on se voie, ici, maintenant.

— Le portail est fermé par un lourd cadenas. J'ai déjà essayé de l'ouvrir. La clôture est trop haute, le porche est inaccessible ! Si seulement nous avions la clef… »

Le professeur se mit à réfléchir quelques instants. Il effectua plusieurs tours autour de sa voiture, en se grattant le menton. Ben, bien que très âgé, restait debout appuyé sur sa canne. Le professeur s'approcha de son nouvel ami, les yeux brillants.

« Nous avons une chance fantastique, vous n'allez pas me croire, j'ai la clef du portail avec moi !

— Incroyable ! Comment avez-vous fait pour l'obtenir ? Je n'en crois pas mes oreilles !

— Je… je plaisantais Ben ! Pardonnez mon humour.

— Je me disais bien… ça ne pouvait pas être aussi facile !

— Bon, je ne vois qu'une seule solution : nous allons escalader la grille en faisant la courte échelle.

— Mais, je n'ai plus la santé pour ça, professeur ! Et puis la grille est trop haute !

— Vous m'avez fait venir ici, alors maintenant assumez.

— Je suis un vieillard !

— Tout seul, vous n'auriez pas pu faire la courte échelle. Vous voyiez, vous avez bien fait de m'amener avec vous. C'était peut-être la destinée. À deux, on va y arriver.

— C'est vrai que je n'avais pas pensé à faire la courte échelle…

— Échauffez-vous un peu, puis rapprochez-vous du portail. On ne peut pas revenir en arrière, Ben. Pas maintenant !

— Vous êtes aussi excité qu'un fan, professeur. Vous semblez être ensorcelé par l'aura de Michael Jackson.

— Je ne vous ai pas tout révélé sur moi, Ben. Nous en parlerons plus tard. Nous avons rendez-vous avec l'histoire, là.

— Et si il n'y a rien d'intéressant dans ce manoir, au bout du compte ?

— Ne doutez pas de votre instinct ! S'il n'y a rien dans ce lieu, ce sera un rendez-vous raté avec l'histoire, certes… mais un rendez-vous avec l'histoire quand même ! Par procuration. Bon, arrêtons les circonvolutions. Il fait très froid en plus ici. Il est temps. »

Les deux visiteurs clandestins franchirent tant bien que mal la lourde grille d'entrée, après une périlleuse entreprise d'escalade. Le manoir se dressait à quelques dizaines de mètres d'eux. Des pilastres marbrés, rongés par du lierre moisi, s'élevaient de part et d'autre de l'allée centrale. L'air était frais et pesant, le lieu sombre et lugubre. La construction grisâtre, rongée par le temps, s'élevait sur plusieurs mètres. Près de l'entrée, sur les côtés, Ben et Breïm aperçurent avec stupeur la présence de nombreuses pierres tombales. Elles étaient répandues d'une façon chaotique, dans une sorte de mini-vallon. Le chemin dallé s'effritait à chacun de leurs pas. Ben et le professeur manquèrent de déraper sur le sol glissant, humide et couvert de mousse noire. Des sépultures allomorphes se dessinaient à l'horizon, caressées par la luminosité cadavérique de l'astre lunaire.

« Il y a de nombreuses rangées de pierres tombales. On dirait que nous sommes dans un cimetière ! Hélas, les épitaphes sont toutes effacées. Il n'y a visiblement aucune indication sur le nom des défunts...

— Cet endroit me file des frissons ! exhorta Ben. Nous ferions peut-être mieux de...

— Regardez, devant la porte en bronze, il y a une statue ! On peut y lire une inscription.

— Il est vraiment incroyable cet endroit. Inquiétant, mais incroyable !

— Je vais approcher la lampe torche pour voir ce qu'il y a d'écrit. »

Une inscription était gravée sur son socle noir comme l'ébène. On pouvait lire :

« Les horizons aux horizons se succèdent ;
on avance toujours, on n'arrive jamais.
(Victor Hugo)

Les deux visiteurs s'arrêtèrent quelques instants devant la statue en bronze, autour de laquelle apparurent quelques fugaces feux follets… Ils poursuivirent ensuite leur avancée vers la porte. Celle-ci était entourée par deux colonnes où étaient taillés des balbuzards aux ailes acérées.

Ben et Breïm ouvrirent la lourde porte désarticulée à la force de leurs bras. Ils franchirent le seuil de l'entrée et pénétrèrent dans un vestibule. Deux autres portes incrustées de carreaux vitrés bordeaux barraient le chemin. L'atmosphère lourde était envahie par une oppressante poussière en suspension. Il n'y avait guère plus de lumière que dans une cave obstruée. Deux pertuisanes surannées se croisaient au plafond concave. Elles semblaient comme exorciser les démons pour les empêcher de pénétrer… à moins que ce ne soit pour les invoquer.

Ben entrouvrit les ultimes portes. Une odeur âcre d'encens moisi accrocha leur gorge. Leurs yeux, qui s'étaient désormais familiarisés avec l'obscurité, peinèrent à distinguer l'ensemble de la pièce principale. Un long tapis rouge sang étendu sur le sol, tel une langue coincée dans une mâchoire, coupait la salle en deux ailes. Précisément de l'entrée jusqu'aux marches d'un autel suspendu en marbre.

« Tout ceci est incroyable ! lança le professeur.

— C'est effectivement saisissant, répliqua Ben. Nous sommes dans le monde de Michael Jackson ! Quelle sensation troublante ! Moi qui ai toujours immiscé l'artiste dans mon univers, je vis à cet instant l'inverse.

— Il n'y a personne, on dirait. Cet endroit est l'œuvre d'un génie de la construction ou d'un milliardaire. Voire peut-être même des deux en même temps ! Poursuivons notre exploration. »

La vaste salle était remarquablement symétrique. Le sol hypnotique était composé d'un dallage de carrés noirs et blancs. Des triglyphes dorés encerclaient de part et d'autre des vitraux évoquant des figures caustiques. Sur les murs, des toiles anciennes décrivant des scènes bibliques étaient rongées par les toiles d'araignées. Le temps n'avait plus d'emprise dans un tel lieu, surenchère d'une architecture qui invoquait le génie.

Au dehors, le tonnerre se mit à gronder. Les éclairs firent sursauter les deux visiteurs médusés. Ils se trouvaient maintenant dans une pièce qui était la réplique exacte de celle du clip « Ghost ».

« Tout ceci relève du délire ! » La salle était faiblement éclairée par une étrange lumière provenant de chandeliers.

Un miroir aux dimensions colossales attira l'attention de Ben. Il était hissé au fond de la salle. Le vieillard s'approcha de cette pièce de musée damasquinée de dorures et pierres précieuses. Un écriteau était pendu au dessus. Il y était écrit « Miroir de la vérité ».

Ben toucha le miroir gelé, comme pour vérifier qu'il n'y avait pas de double fond derrière. L'infime contact initié par l'ongle provoqua d'étranges arcs électriques !

« Professeur, venez voir ! Il y a une étrange réaction électromagnétique ici !

— Ben, ne touchez à rien !

— Je... Je suis tenté de regarder le miroir.

— Ne bougez pas ! Stoppez tout ! BEEEENN ! »

Mes voyages autour du monde: journal de bord.

J'ai fait le tour de la planète avec mon spectacle! Je n'aurais jamais imaginé cela étant petit, même ado! L'idée que ma passion m'ait permis de jouer dans les endroits les plus fabuleux du monde, reste pour moi encore un mystère. Parfois, je me l'avoue, je me dis que je ne le mérite pas entièrement... Pour la bonne et simple raison que c'est Michael qui m'a permis de réaliser tout cela!

Cuba, Chine, Tahiti, Réunion et même grand froid norvégien, j'ai usé mes mocassins sur toutes ces scènes! Devant des milliers de gens, en me demandant à chaque fois comment ils allaient me percevoir... Est-ce la même chose de jouer Michael Jackson à Tahiti, qu'en Norvège? Oui, le résultat est le même. Et c'est en cela que je peux témoigner de la puissance fédératrice extraordinaire de Michael Jackson!

J'ai rencontré des gens dans des villages perdus de l'île Moorea au large de Tahiti, j'ai discuté avec des bûcherons des forêts du Grand Nord de Norvège, j'ai partagé la musique traditionnelle d'un village cubain, j'ai flâné dans les marchés saturés et encombrés de Hong Kong... Tous, absolument tous, m'ont conté Michael Jackson à fois à leur manière!

Je me souviendrai toute ma vie de cet extraordinaire voyage sur l'île de Tahiti, à plus de 20 heures de vol de Paris, avec une longue et ennuyante escale à Los Angeles. C'était en septembre 2009. Nous avons été salués en personne par le commandant de bord au débarquement, qui était une très jolie Tahitienne. Petit, je lisais des choses sur Tahiti, des BD (Boule et Bill), et je me représentais une île paradisiaque. Eh bien, c'est vraiment une île paradisiaque.

À l'arrivée, à 23 heures, nous avons été accueillis par une troupe de danse, qui nous a présenté un hakka assez impressionnant, signe de bienvenue (m'a-t-on dit !). Sans même passer les formalités douanières, on a ramassé nos passeports et invité à nous détendre au salon VIP de l'aéroport… Je n'y croyais pas… et je me sentais même gêné de toute cette attention. Nous avons joué notre concert sur la fameuse place Toata, et nous avons pleuré en quittant nos amis de Tahiti à l'aéroport… Il y a des voyages qui marquent comme ça. Et seul dans mes pensées, dans l'avion du retour, au-dessus du Groenland à 2 heures du matin (-40 degrés Celsius, à 14 000 m d'altitude), je me répétais que tout cela ne pouvait être qu'un rêve. Je venais en plus d'être tonton pour la première fois de ma vie. J'imaginais déjà tout ce que j'allais raconter à ma petite nièce ! Je ne remercierai jamais toutes les personnes que j'ai rencontrées sur place, Wendy et sa famille, Gene et sa femme…

Mon voyage sur l'île de la Réunion m'a aussi marqué ! Une Chevrolet à mon effigie, rien que ça ! Lorsque je descendais de cette voiture, j'avais l'impression de faire la publicité pour cette marque. Que de fous rires, de bons moments avec Marie-Christine, Davidson et ses amis. J'ai joué sur le front de mer à Saint-Pierre, devant une marée humaine. L'amour et le bonheur qu'autant de personnes peuvent vous renvoyer sont inoubliables pour des siècles ! J'ai aimé la Réunion, ses gens, leur humour et leur gentillesse. Lorsque Jean-Claude, grand producteur de spectacles, m'a encouragé à y aller, j'avais peur que la musique de Michael ne soit pas reconnue à juste titre, vu que les danses et musiques créoles, zouk sont beaucoup plus populaires... Je me suis lamentablement trompé !

Je me suis également trompé lorsque j'ai cru que nous n'aurions pas un grand succès en Norvège ! Nous avons fait une tournée dans de beaux théâtres à l'ancienne, avec de beaux fauteuils en velours rouge, bien confortables, surtout lorsqu'il fait 0 degré dehors en plein mois d'avril... Sold out pour les théâtres, et une nouvelle fois, j'ai aboli dans ma tête toutes les idées préconçues que l'on pouvait avoir sur le manque de chaleur des peuples du Nord. J'ai adoré ce pays, et j'ai même songé à y habiter, mais il s'agit là encore d'une de mes idées saugrenues...

Londres... Mon plus beau souvenir de scène ! Le producteur de l'événement anglais me contacte un an avant pour convenir d'une performance spéciale et inédite : devant plus de 800 fans, je devais jouer cinq fois lors du week-end des 51 ans de Michael. Arrivés à Stansted, les organisateurs nous attendent et nous emmènent nous installer dans un superbe appartement, juste en face du théâtre. Ma salle de bain m'a servi de loge, et je pouvais de ma fenêtre assister à tous les flashs mobs des fans anglais. Je dois dire que de toute ma vie, je n'ai jamais pu rencontrer d'aussi grands fans que les fans anglais ou allemands ! Il existe en effet quelques exceptions françaises, mais le fan anglais est tout à fait particulier : il ne se dit pas « fan » sans posséder au minimum des pièces rares des « collectors » MJ ; il ne se dit pas « fan » sans avoir assisté au minimum au « History Tour » ; et il ne se dit pas « fan » sans savoir sur le bout des doigts la carrière de Michael ! J'ai été vraiment très impressionné par ces jeunes gens, qui vivent leur passion de façon très ostentatoire (tee-shirts à l'école, dans la rue, coupe de cheveux à la MJ). Cela m'a fait du bien de voir ça, car cela me rappelait simplement le petit garçon que j'étais, et qui n'avait cure de ce que l'on pouvait penser de lui à l'époque...

J'ai donc joué devant les plus grands fans anglais, triés sur le volet durant cinq représentations. Soit 4000 fans que j'ai eu le plaisir de rencontrer ensuite, lors de très longues séances de dédicaces, et avec qui j'ai gardé de nombreux contacts. Le fan anglais va dans l'exubérance et le « sans complexe ». J'aime beaucoup cette attitude... et je pense qu'en France, les fans français auraient dû montrer cela dans les moments les plus difficiles de Michael. Bien avant ses démêlés judiciaires. J'ai compris depuis ce jour pourquoi Michael n'a pas hésité à se produire à Londres, fief de ses plus grands admirateurs...

De Casablanca à Hong Kong, de Tahiti à Munich, de Londres à Bruxelles, d'Oslo à Tunis... c'est un véritable honneur que de jouer Michael Jackson... et d'offrir à mon échelle ma vision de l'Artiste. Aujourd'hui encore, je ne peux me passer des voyages. Même si des fans français me reprochent d'être trop souvent à l'étranger, je ne peux m'empêcher de partir découvrir le monde avec mon spectacle. C'est comme ça.

22 heures. Le vent souffle sur les barrières de sécurité. Les feuilles des palmiers ploient sous les bourrasques, comme en signe de révérence. La foule, face à la scène, concentre son regard vers les projecteurs encore éteints. Les premières étoiles percent le ciel.

Soudain, un grand fracas. Des flashs éclatent. Des lasers mordorés, projetés depuis le sol étincelant comme du diamant, transpercent l'horizon. Une fumée blanche lèche les instruments de sono. Des cristaux de lumières aveuglants, d'or et d'argent, apparaissent dans un déluge d'étincelles brûlantes. Les bras se lèvent. Le signe de victoire se fait voir. Une silhouette masculine, au look improbable, surgit instantanément des ténèbres. Une vague de vives émotions électrocute en un éclair l'assistance. Le spectacle n'a pas encore commencé… et pourtant il est déjà total.

L'être aux allures immatérielles ne bouge pas d'un fil. Il reste figé au sol, telle une statue de glace éternelle entourée de flammes. La foule, heureuse, ne cesse d'applaudir. La vue d'une paire de lunettes, d'une mèche noire sur le front suffit à déclencher la jubilation. Voire l'extase. Une minute passe, puis deux… Les solides applaudissements montent d'un cran. L'être de lumière ne bouge pas. Le temps ne semble avoir aucune emprise sur lui. À quoi pense-t-il ? Qui est-il ? Que veut-il ? Est-il gai ou triste ? Un tourbillon de mystères entoure sa surprenante enveloppe charnelle. Les flashs de photos crépitent. Des enfants contemplent sa veste de paillettes, les parents examinent le programme… et les fans analysent les boutons de manchettes.

Enfin, dans un mouvement d'une célérité extrême, la silhouette extraplanaire décale sa tête vers la gauche. Toute une partie de l'assistance se sent subtilement bousculée par ce signe de reconnaissance ! Puis la droite. Brusquement, son corps tout entier s'anime. « Jam » est alors lancé par les techniciens, comme on lâcherait des lions dans une arène. Ils sont affamés ! Chaque note fait monter la pression, et la pression impulse chaque note ! L'être de cristal se met à danser. Chaque partie de son corps défie les lois de la pesanteur. Ses pas métalliques font trembler le sol. La main levée, il fait jaillir une explosion de lumière. Le refrain éclate.

« MICHAEL, ON T'AIME ! »

Le regard droit et le buste conquérant, il invoque en claquant des doigts des porte-drapeaux d'une nouvelle ère. La musique passe de militaire à militante. L'armée improbable part en guerre contre l'injustice humaine. Leurs armes imaginaires heurtent l'âme des mauvais esprits. Rien ne semble résister à la tempête musicale de Michael Jackson. Le refrain revient, repart, revient. L'artiste enragé sur scène ne lâche rien. Il semble comme encordé à l'ombre de la mélodie arc-en-ciel. Il est prisonnier de son art, pour le meilleur et pour le pire. Chaque pas de danse en invoque un autre. Le son augmente encore de volume. Les lumières chauffent. La musique, sidérale, devient sidérante. La silhouette sort de ses rails. Il effectue une triple vrille... puis tombe à genoux dans une pluie de poussière électrique. Le public se lève, le son s'arrête, la scène s'assombrit.

Jack'son a réussi son entrée en matière. C'était la première chanson.

C'est le break. L'artiste réintègre sa loge. Il vient d'assurer le show durant trente minutes non-stop. « Thriller », « Black or White », « Bad »... Les grands tubes ont fait leur effet. Comme toujours. Dans dix minutes, il va devoir enchaîner avec d'autres hits. Tels que « Billie Jean », « You rock my world », « History » et « Earth Song ». Des succès, là encore, qui feront mouche.

Ben s'assoit sur une petite banquette, devant un grand miroir. Martine, son agent, s'approche de lui un téléphone dans chaque main.

« C'était bien Ben. Tu reprends dans 4 minutes 55 secondes. Je t'ai apporté un rafraîchissement.

— Merci Martine.

— N'oublie pas ta séance de dédicaces et ton interview, après le show.

— Oui, pas de problème.

— Et ne t'en fais pas, on t'apportera bien ta barquette de frites ! »

Ben regarde attentivement le miroir. Il prend une poudre à côté de lui et cache quelques imperfections. Martine quitte la salle. L'un des danseurs, encore en costume mais sans casque, s'approche du sosie.

« Ben, si je puis me permettre, je te sens tourmenté par quelque chose ce soir. Tu as eu comme un moment d'absence avant de danser… En général, tu fais signe de lancer la musique bien plus vite ! À quoi pensais-tu ?

— Ce… Ce serait difficile de t'expliquer. J'ai comme l'impression de m'être réveillé sur scène.

— Un peu comme si on t'avait éjecté d'un grille-pain, c'est ça ?

— Très drôle.

— Tu devrais prendre des vacances. Ça te ferait du bien.

— On a encore combien de shows, comme ça ?

— Tu perds la mémoire ? C'est l'avant-dernier ! On réalise ce soir notre dix-septième passage. Mais tu sais, quand on est passionné, on a l'impression que c'est toujours le premier ! En tout cas, nous, dans la troupe, nous ressentons tous ce sentiment. Y a que notre expérience de la scène, une fois la musique lancée, qui nous renvoie à la réalité. Rien d'autre. Je ne fais que reprendre tes mots en fait ! J'ai tout noté sur un carnet. Ça aussi, ce sont tes instructions !

— Il semble que la passion ait le don de brouiller les souvenirs... murmure Ben en fixant le reflet de ses yeux noirs.

— Tu es chaque soir, à chaque spectacle, un homme neuf. Tu renais constamment. C'est une chance inouïe !

— Mais celui qui naît sans cesse, évolue-t-il ? Est-ce une vie de ne pas avancer, de rester figé ?

— C'est un sentiment exaltant, pourtant, d'être Michael Jackson.

— Un sous-Michael Jackson ! Et sais-tu pourquoi je serai toujours un sous-Michael Jackson ?

— Parce que tu n'as pas sa voix ?

— Non j'ai sa voix, quand je chante. Je l'ai artificiellement, mais je l'ai quand même. Elle me traque et m'ensorcelle, par-delà le temps et la mort. Cependant, ce que je n'aurai jamais, c'est sa voie. Michael a vécu et a avancé.

— Où veux-tu en venir ?

— Il y a deux vérités possibles : soit le sosie n'est rien, soit au contraire, il transcende l'artiste. Soit l'imitateur est un vent éphémère, soit il est à l'opposé, immortel.

— C'est fort ce que tu balances là, à trente secondes de la prochaine chanson. Tu te poses beaucoup de questions...

— Mais Michael Jackson est une source d'inspiration et de questions permanente ! Il nous invite tous, d'une façon ou d'une autre, un jour ou l'autre, à la réflexion. Qu'on aime ou pas sa musique… Qu'on soit petit, grand, vieillard… Il nous entraîne à réfléchir sur l'humanité, la guerre, l'amour, le génie d'un don, Dieu… Michael Jackson n'a peut-être été, et ne sera peut-être jusqu'à jamais, qu'une question colossale. Une sorte d'allégorie de la vérité, que nous cherchons tous au fond de nous-mêmes.

— Michael Jackson, une question? Et la réponse, dans tout ça?

— Je la cherche, justement. Je parcours le monde pour cela, depuis des années. Je côtoie de nombreuses personnes différentes, de tous bords, cultures et milieux sociaux, qui écoutent sa musique. Tu vois, je veux savoir, aujourd'hui, QUI est vraiment Michael Jackson. Si je comprends cela, alors je saurai peut-être enfin qui je suis.

— La réponse, elle est peut-être dans ta question, Ben. Au fait, on doit monter sur scène.

— Alors allons-y, puisque le public nous attend. »

Ben se lève, change de veste et quitte sa loge. Devant lui, ses six danseurs. Tous fins prêts à poursuivre le grand voyage musical. L'un d'entre eux prend la parole.

« On discutait tous les six du final, en attendant que tu finisses de te préparer. On pensait à un nouveau pas qu'on pourrait faire…

— Vous discutiez tous ensemble? Alors… qui me parlait?

— Ben, tu es sûr que ça baigne?

— Je… Bon, allez, on y va, les gars. »

Ben et son équipe:

Pour son travail, Ben s'entoure d'une équipe fidèle. D'abord Martine, sa productrice de

Belinda Production. À la technique, Sébastien et ses collaborateurs. Ses danseurs, Anthony, Martin, Julien, Sylvain, Marie, Laurie, Sonya, Sandra. Son fidèle DJ, Greg Ceven. Le performeur n'oublie jamais ses anciens collaborateurs avec qui il a travaillé pendant dix ans: Jean-Philippe et Sophiane, Robin et Jimmy...

Aux abords de la scène, une lumineuse jeune fille à la chevelure blonde croise les pas de l'artiste. Celui-ci esquisse un sourire.

« Karine?

— Ben, je suis fière de toi ce soir. Tu as bien travaillé!

— Je ne mérite pas tant d'éloges, tu le sais.

— Je ne parlais pas au performeur, mais à l'homme derrière le masque.

— Tu es gentille. Tu me rassures en me disant cela, tu sais.

— Je tiens à toi, très fort. Ne l'oublie pas.

— Je ne l'oublie pas, sois-en sûre. Je dois monter sur scène. Entrevoir un ange avant de jouer me donne toujours de l'énergie.

— Notre ange, c'est Michael... »

Minuit. Le spectacle se termine dans l'émotion, par la chanson « Earth Song ». Un titre fort, intemporel et moralisateur, qui secoue une ultime fois le public. Le tremblement de terre s'achève dans l'apothéose. Ben véhicule pour la dernière fois de la soirée le message d'amour et d'espoir de Michael. Un message qui lui tient très à cœur, et qu'il n'a de cesse d'appuyer.

Dans une scénette rondement menée, il intime un militaire, face à lui, de baisser les armes. Les notes de piano touchent le cœur du public comme des balles en acier. Elles percent l'animosité comme on transpercerait un fruit pour en recueillir le nectar pur. Ben lève enfin les bras en croix au ciel. Le regard droit et le buste vainqueur, il accompagne les ultimes sonorités avec grâce. Le spectacle prend fin.

Le rideau se ferme dans une certaine mélancolie. Si Ben pouvait parler, il aurait dit : « Voilà, tout ça, c'était Michael Jackson. Voilà son art, son génie. Voici son message de paix, d'amour et d'harmonie avec la nature. Ensemble, nous pouvons changer le cours des choses, lutter contre l'infamie et réécrire l'histoire. Les canons musicaux de Jackson tirent à boulets rouges contre l'injustice. Ne la laissons pas prendre le dessus ! »

Mais Ben ne peut pas prononcer ces mots. Car il sait aussi que son idole a été traitée en son temps de dément, de monstre, de mutant et de fou. Il n'oublie pas les regrettables procès de pédophilie qui ont marqué les consciences. Les allégations enflammées par centaines qui ont sans doute entraîné le génie à sombrer. Il n'oublie pas à quel point la fortune de la star a suscité des convoitises… et de quelle façon sa mort a été mécanisée.

Alors Ben reste silencieux, planté sur scène, las, tiraillé par deux communautés. Ceux qui ont vu en Michael un ange… et ceux qui l'ont perçu comme un démon. Ceux qui ont vu un messager, quand d'autres l'ont désigné comme malade. Ben est attristé, car il sait que Michael ne sera jamais totalement lavé de sa sordide réputation. Il sait que la star ne pourra pas se défaire des propos injurieux qui se sont abattus sur lui, comme un âpre cancer. Il préfère donc se taire. Il choisit le recueillement aux longs discours. Un silence riche en symbole et froid comme la mort. Mais une mort remplie d'espoir… duquel pourraient germer de jeunes pousses.

La lumière se rallume. Les fans enivrés, repus de Jacksonmania, applaudissent avec vigueur depuis les premiers rangs. Le public se lève comme un seul homme. Certains spectateurs décampent, d'autres saluent l'artiste et sa troupe qui ont offert un show roboratif. Ben salue la foule à son tour, puis se tourne vers ses danseurs. De la sueur perle sur son front. Des larmes suintent sur ses joues blanchies par le maquillage. Son tee-shirt, pré-déchiré, tombe en lambeaux. Des traces de gomme et de poussière biffent son pantalon au niveau des genoux. L'artiste semble revenir d'une guerre. Seuls ses mocassins sont étonnamment intacts.

Au moment où il s'apprête à retourner dans ses loges, l'artiste remarque la présence d'une silhouette qui lui est familière. Une jeune femme rousse, le teint clair et le corps frêle, se dresse derrière les clôtures de sécurité. Elle est vêtue modestement. Son regard traduit une certaine mélancolie. Très vite, une image précise se dessine. Le doute n'a plus sa place.

« Éloïse, est-ce toi ? Attends ! J'arrive ! »

Ben enjambe la scène et court en direction de la jeune femme, au moment où celle-ci commence à partir. Les deux êtres sont face à face, séparés par une barrière de sécurité.

« S'il te plaît, ne t'en va pas ! »

Une fois devant la jeune femme, il est saisi par un sentiment ambigu. Un peu comme si son âme d'enfant, ressuscitée l'espace d'un instant, s'était de nouveau évaporée.

« Vous… Vous n'êtes pas Éloïse. Veuillez me pardonner ! Je vous ai confondue avec une autre personne… »

La jeune fille toussote et baisse le regard. Ben pose ses mains sur la barrière en métal. De la pluie commence à tomber. La jeune femme lève ses yeux couleur azur en direction des cieux nuageux. Ben observe son visage angélique. Ses traits gracieux évoquent une personne qu'il connaissait bien… il y a longtemps. Ben ne peut s'empêcher de reprendre la parole.

« Si je puis me permettre, vous avez un lien de parenté avec Éloïse, dit-il le ton à la fois doux et déterminé. Je ne puis me tromper ! Les taches de rousseur sous les joues, aux mêmes endroits !

— Comment connaissez-vous Éloïse ? demande avec une certaine timidité la jeune femme.

— Nous étions au collège ensemble, en 3e ! C'était une camarade.

— Éloïse était ma sœur jumelle.

— Je me disais bien ! Mais pourquoi employez-vous le mot était ?

— Elle est morte.

— Mais... Comment ? Non ! »

À cet instant, le monde s'écroule une deuxième fois sur Ben. Les gouttes de pluie, qui fouettent le sol autour de lui, n'émettent plus de son. Le temps s'arrête. Pris d'une ardente colère, il lève la tête au ciel, en se demandant : « Pourquoi les gens qu'on aime disparaissent sans cesse ? Pourquoi le destin ne m'a jamais permis d'obtenir des contacts rapprochés avec eux ? Pour quelles raisons la vie dresse une barrière en cristal, parfois, entre certaines personnes ? Une palissade incassable, qui ne s'effondre jamais.

— Ce n'est pas de votre faute, monsieur. Ne soyez pas peiné.

— Je suis tellement dépité. Je suis si déçu de ne pas avoir su prendre le temps de la connaître. De n'être pas allé vers elle, quand elle en avait besoin. Tandis qu'Éloïse, elle, allait vers moi ! Elle s'intéressait à ce que je faisais, le plus simplement du monde.

— Nous sommes humains, vous savez. On ne peut pas tout contrôler.

— Eh bien pourtant il le faudrait, parfois, tout contrôler ! Avoir la possibilité d'effacer certaines erreurs ! De remonter dans le passé !

— C'est interdit.

— Comment Éloïse est-elle partie ?

— Vous souhaitez vraiment le savoir ?

— J'insiste.

— C'était un soir d'orage, il y a de nombreuses années de cela. On jouait ensemble à la campagne. Elle est montée sur un arbre, pour dessiner le paysage. La foudre a frappé le tronc. Elle a chuté. Elle ne s'est jamais relevée. Ironie du sort, ce jour-là, elle avait réalisé son plus beau dessin.

— Peut-être que si je lui avais parlé, juste un instant de plus…

— Cessez de dire n'importe quoi ! Je vois où vous voulez en venir ! On ne change pas le destin des gens. Une seconde de plus ou de moins, ça n'affecte en rien le cours du temps.

— Pourquoi vous croire ?

— Je ne vous demande pas de me croire, mais juste de m'écouter. »

Un ange passe. La jeune femme s'apprête à partir. Ben se retourne alors, instinctivement. Son équipe technique lui fait signe de venir.

« On vous appelle. Je ne veux pas vous retarder.

— Retarder de quoi ? Le spectacle est terminé ! Et puis je suis un électron libre. Ils m'attendront quelques minutes de plus. Votre prénom ?

— Judith.

— Que faisiez-vous derrière les barrières, Judith ?

— Je me promenais dans le quartier, j'ai entendu du bruit. Je me suis approchée de votre spectacle, puis l'ai observé quelques minutes. J'allais partir.

— Vous m'auriez dit avant, je vous aurais réservé une place.

— Je ne suis pas fan du chanteur, contrairement à feu ma sœur. Mais cela lui aurait fait très plaisir, c'est une certitude. Elle aimait profondément Michael Jackson. Il représentait tellement de choses pour elle. Il lui donnait de l'énergie, durant les moments difficiles. Même si elle n'entendait pas sa musique, elle prenait du plaisir à juste le regarder danser.

— Éloïse a assisté à mon tout premier spectacle. Je m'en souviens encore...

— Puisqu'on en est aux aveux, sachez que c'est grâce à vous qu'elle était devenue fan, m'a-t-elle expliqué. Ma sœur jumelle était très timide et complexée. Michael l'aidait à surpasser les souffrances générées par sa différence. Les moqueries, la méchanceté, la solitude... Tout cela, elle l'effaçait en pensant à Michael. Il la protégeait. Mais au fil du temps, elle a compris qu'un autre homme lui manquait aussi. Celui qui l'a guidée vers la voix de l'amour. Michael, tout seul, n'est qu'une étincelle. Il l'a toujours dit, il ne changerait pas le monde tout seul. Ceux qui font vibrer sa flamme ont autant de valeur que lui. Voire plus aujourd'hui, étant donné qu'il est parti. Éloïse a compris qu'elle appréciait finalement, le jour du collège, aussi celui qui dansait. Que dans son cœur, l'un n'allait pas sans l'autre. Et que la musique, même si on ne l'entend pas, peut être un fabuleux vecteur d'amour. Un amour fait d'amitié... ou de passion.

— Vous... Vous parlez comme si vous étiez Éloïse. Vos propos sont aussi remarquables que ses dessins... Éloïse.

— Je... Je ne suis pas Éloïse ! Elle est partie !

— C'est plutôt moi, peut-être, qui suis parti...

— Pourquoi vous mentirais-je ? Mais, quoi qu'il en soit, vous avez le droit de croire ce que vous voulez ! Le doute fait parfois du bien dans la vie. Il permet d'avancer.

— Que dois-je en déduire ?

— Continuez votre route, Ben. Continuez de croire en vos convictions profondes. Mais surtout, ne vous arrêtez jamais de danser. Parce vous êtes fait pour cela. Parce que vous donnez du bonheur aux gens. Et je suis certaine que toutes ces personnes remarquent, tout comme moi, que vos chaussures rayonnent de mille feux… quand vous ressuscitez le King of pop.

— Merci pour ces compliments. Je ne sais pas si je les mérite. Vous êtes une chic fille.

— Ne vous arrêtez jamais de danser, Ben. Quand vous dansez, il n'y a plus de questions ou de réponses. Vous êtes au-delà de tout, dans une forme de vérité et d'amour. Et pour certifier cela, il n'est pas nécessaire d'entendre. Il suffit de regarder. Adieu Ben.

— Mademoiselle… attendez ! Dites-moi qui vous êtes ! »

La jeune femme disparaît dans la nuit, aussi vite qu'une étoile filante. Ben retourne dans sa loge, le cœur partagé entre l'amertume et la joie. Cette mystérieuse rencontre, aussi intense qu'éphémère, a fait l'effet d'un électrochoc. Ben a tout juste le temps de reprendre ses esprits que, déjà, il est dirigé vers le « pupitre à dédicaces » spécialement aménagé par son staff. Le visage émacié, flottant dans sa chemise blanche, il lance un dernier regard en direction de celle qui lui rappelait son passé. Si loin, si proche…

En faisant son métier, Ben a appris très vite à « passer à autre chose ». À s'adapter à chaque situation, en un battement de cil. « Danse, chante, bouge, viens, parle ! » Où qu'il soit et quelque soit la composition du public, l'artiste doit toujours se donner à 110 %. Devant 50 ou 5000 personnes, à 8 heures ou 2 heures du matin. Chaque show est porté par une sorte de mouvement invariable. L'artiste doit faire son numéro de cirque sur une sorte de tapis roulant, qui avance au gré d'événements préprogrammés.

Ce rythme de travail, qui pourrait devenir hébétant, est fort heureusement enjolivé de surprises et rencontres. Des rencontres réjouissantes avant tout avec les fans. Si Ben n'a jamais plébiscité les contacts dits « virtuels », il a au contraire toujours apporté une attention particulière aux échanges « réels » ou traditionnels. Cet aspect fait partie de sa philosophie et de sa façon de « travailler à l'ancienne ». Comme un artisan, avec le moins d'artifices possibles, un souci du détail et une volonté de proximité manifeste.

S'il a continué son travail après la mort de Michael, c'est surtout pour les fans. Donc pas question pour lui de les snober après ses shows. Cela ne lui a même pas effleuré l'esprit. Le sosie a besoin, lui aussi, de partager sa passion le plus simplement du monde. En se posant à une table pour parler de la musique de Michael, des titres qu'il n'a pas aimés, de ceux qu'il a beaucoup appréciés, de l'actualité, etc.

Ces rencontres représentent à elles seules un second spectacle dans le spectacle. L'artiste pose son armure et peut enfin lâcher la pression. Même s'il paraît somnolent car parfois exténué, il reste pourtant très attentif. Ben est très physionomiste et se rappelle parfaitement de chaque visage. Certains lui semblent d'ailleurs plus familiers que d'autres, comme ses « fans » Maëlle, Laurie, Sabrina, Nadia, Maud, Alex… La liste et longue, mais sa valeur inestimable.

C'est donc « très à cœur » que Ben s'adonne au jeu des dédicaces ! Dans une petite tente abritée de la pluie. Assis sur une petite table en bois, grimé de maquillage pour « faire encore effet scénique en mode gossbo », il signe machinalement des autographes sur ses propres affichettes ou posters. Jamais sur des albums ou photos de Michael, par « principe et respect pour l'artiste ». Ce rituel l'amuse beaucoup. Les gens, face à lui, réagissent de maintes façons. Certains le dévisagent comme une bête de foire, d'autres au contraire le trouvent beau… D'autres encore très étrange et androgyne ! Ben, derrière son masque de scène, ne laisse pas insensible. Le Jackson 2.0 demeure, pour le public, la personne la plus proche de Michael qu'ils n'aient jamais rencontrée. Nombre d'entre eux s'imaginent toutes sortes de choses au sujet de Ben, et il préfère d'ailleurs en sourire ! Il en joue, même. Ben est-il fou ? Est-il un génie ? Est-il gai ? Est-il gentil ? Est-il le frère de Michael ? Est-il Michael ? Est-il une chèvre ? Une marque de soda ? Les questions n'ont pas de limite. Et même si elles ne sont pas posées directement, elles sont pensées si fort qu'il les entend siffler à ses oreilles !

Alors l'artiste, bonne pâte, reste accessible et répond sans vergogne aux propos des plus prolixes. Sans oublier, toutefois, de toujours conserver une part de mystère. Cet aspect intouchable renforce son charisme et lui donne un petit côté rock star. D'ailleurs, si Ben n'avait pas été sosie dans une autre vie, il aurait fait rock star ! Du moins, c'est ce que pensent ceux qui l'ont rencontré sans lui avoir demandé… histoire de boucler la boucle !

Interview exclusive de Ben Jack'son après un concert

Après son spectacle de Pégomas, donné le 23 juillet 2010, Ben a accordé une longue interview. Il était 2 heures du matin, nous étions réunis à la terrasse d'un hôtel. Voici son entrevue exclusive, sans doute la plus longue de sa carrière, en intégralité.

« Depuis la disparition de Michael Jackson le 25 juin 2009, tu es très sollicité. Tes prestations d'imitateur ont explosé. Peux-tu évoquer tes activités scéniques actuelles ?

Ben Jack'son : *En l'espace d'un an, j'ai donné près de 120 spectacles et fait plus d'une fois le tour de la Terre. Je travaille toujours avec passion. Sur scène, mon équipe et moi-même faisons le maximum pour satisfaire le public. Le plus difficile, et en même temps le plus grand bonheur, c'est de jouer devant les fans ! Ils sont très pointilleux et sans concession avec les détails. Ils connaissent tellement bien l'artiste ! Je sais qu'on m'attend au tournant avec tel pas de danse, telle tenue vestimentaire… En même temps, cela me pousse à être perfectionniste. Mes spectacles sont réussis* *quand l'illusion est quasi parfaite. La pâte doit prendre durant les trois premières minutes. Je n'ai pas le droit à l'erreur les premiers instants, car je dois imposer spontanément ma projection personnelle de Michael Jackson. Je ne suis pas Jackson, personne n'est capable de faire comme lui. Mais j'essaye de m'en approcher le plus possible, afin de lui rendre hommage.*

On ne peut pas éclipser les questions relatives à la disparition de Michael. Comment vis-tu cela aujourd'hui ?

Ben Jack'son: *Je suis passé par tous les stades, à la suite de sa disparition. La colère. Le désarroi. La peine, avant tout. Michael nous laisse un grand vide. Aujourd'hui, ce vide est comblé par les gens présents autour de moi, les fans dans mes spectacles, l'amour intact qu'on porte à l'artiste. Il ne faut pas rester seul et se lamenter, mais plutôt avancer. Alors j'avance, je parcours le monde. À la recherche, inconsciemment sans doute, d'une vérité universelle quelque part... Il y a des jours où c'est plus difficile que d'autres. Mais je me suis fait une raison. J'ai fait mon deuil en l'espace d'un an. Je préfère greffer le mot disparu à mort. Car Michael n'a jamais été aussi vivant depuis qu'il est parti ! Du reste, on ne sait pas grand-chose sur les circonstances de son décès. On n'a vu aucune image de son corps, comme ça se fait avec la communauté* *noire américaine (comme pour Barry White). Il y a de grandes zones d'ombres. Il y a aussi cette histoire de Dave Dave, dont le regard et la voix font incroyablement penser à Michael... Il y a encore de nombreux mystères! Inconsciemment, une chose en moi m'amène peut-être à penser qu'il est encore là. Mais dans la vie de tous les jours, et plus globalement dans mon esprit en surface, Michael est parti. Et c'est plus sain comme ça... sans être forcément plus logique.*

Ton spectacle prône des valeurs de tolérance, d'humanisme et d'écologie. Il te semble visiblement important de continuer à faire passer les messages de Michael. Mais quel message de plus apportes-tu?

Ben Jack'son: *J'adhère totalement à la pensée et aux messages de Michael. Forcément. C'était un être universel, qui voulait qu'on porte notre attention sur la souffrance humaine, l'injustice, le respect de la nature. Vous savez, il était convaincu que l'homme pouvait changer les choses. Que l'être humain devait ouvrir sa conscience et agir de concert. On parle souvent des 750 millions de ventes de CD de l'artiste, mais on évoque très rarement les cent cinquante millions de dollars de dons qu'il a générés. Par respect pour l'artiste, je continue à porter son flambeau. C'est aussi mon devoir, à mon sens, en tant que performeur de Michael Jackson. Mais* *je ne m'arrête pas aux préceptes Jacksonniens. J'apporte aussi ma touche personnelle: avant que le show hommage démarre, je montre une vidéo (sur fond métal) ou l'on voit Michael dépité. Un artiste descendu par l'opinion publique, les paparazzis, les procès... Michael c'est aussi un être qui a souffert... en particulier durant les dernières années de sa vie. On l'a rabaissé, humilié. Quelque part, c'est aussi un peu l'humanité qui l'a tué... ou du moins, on ne l'a en tout cas pas empêché de s'autodétruire. Nous sommes tous un peu responsables de sa disparition. Alors pour ne pas oublier quel homme il était en plus de l'artiste, pour ne pas oublier les années sombres où il a été souillé, je projette cette vidéo. Après, le spectacle peut commencer. Pas avant.*

Que signifie le mot « fan » pour toi, aujourd'hui?

Ben Jack'son: *Le sens de ce mot a perdu de sa valeur. Le terme est parfois galvaudé, dilué dans des définitions impropres. C'est très facile de se prétendre fan, quand on se réveille un 25 juin et qu'on découvre le talent qu'avait Michael. Ou quand on s'est juste intéressé aux albums des années durant, tandis que Michael avait de graves problèmes. La loyauté des fans est un sujet qui devrait être remis en cause. Je ne dis pas que je suis parfait, loin de là! Je pense qu'on devrait recadrer le débat. Se rendre compte qu'on est tous en partie responsable de sa disparition.*

C'est facile de danser dans la rue en faisant une flash mob. D'acheter des chapeaux. De faire des « privates partys » le son à fond parce que c'est tendance d'écouter du MJ. Mais ce n'est pas ça, être fan. Le fan, c'est celui qui souffre en silence certains jours. Pas tous heureusement, car la vie continue. C'est celui qui garde dans son cœur la flamme Jackson, presque égoïstement, car son rapport avec Michael reste trop personnel et intime pour être étalé. C'est celui qui a défendu avec des pancartes, sur l'asphalte, la cause de Michael pendant les procès. Le fan est engagé, enragé parfois... et reste fidèle même quand la fête est finie. Je n'aime pas trop m'exprimer sur les forums de fans. Question de pudeur, peut-être. Je préfère les échanges réels, discuter yeux dans les yeux avec ceux qui comprennent mon ressenti. Nous formons une petite communauté.

Michael est devenu aujourd'hui une légende absolue. Des mystères subsistent sur sa couleur de peau, ses clips restent encore bien difficiles à décrypter. Penses-tu qu'un jour, on finira par comprendre le mystère Jackson ?

Ben Jack'son : *Le mystère fait partie intrinsèquement du personnage. Ce sont ces mystères qui contribuent aussi à alimenter la légende. En effet, on ne sait pas tout sur le blanchiment de sa peau mais il est évident qu'il a réalisé des modifications. John Landis, le réalisateur de Thriller, a expliqué* *avoir vu débarquer un jour sur le tournage d'un clip Michael tout fier de montrer un carré blanc sur son torse ! Il avait peut-être le vitiligo, mais pour parvenir à un tel résultat il a forcément utilisé des produits chimiques. Michael ne montrait qu'une facette bien précise de lui en réalité, au monde. Il cachait sa vraie personnalité, sans doute pour conserver son jardin secret. Mais c'était un être très paradoxal, qui parfois se grillait tout seul ! Il était à l'évidence moins bon comédien que chanteur !*

Dans quelle mesure jouait-il la comédie ?

Ben Jack'son : *Je peux vous donner de nombreux exemples ! Michael faisait croire qu'il ne buvait pas d'alcool et qu'il évitait de manger de la viande... or on l'a vu plein de fois dans des restaurants déguster du poulet grillé en buvant de grands vins ! Il laissait volontairement planer le mystère sur sa sexualité... tout en fréquentant des boîtes de nuits, entouré de très très jolies jeunes femmes ! Il voulait faire croire qu'il avait une voix très fluette au quotidien... en réalité sa voix naturelle était plutôt grave, comme on peut le constater dans quelques vidéos ! On le disait renfermé et solitaire... or il aimait être entouré de monde et adorait la déconnade. La liste est encore longue ! Le Michael vie privée n'est pas le Jackson vie publique.*

Il avait cependant un jardin secret très complexe. On le disait obsédé par la mort, avec les clips de « Ghost », « Thriller », etc., pourquoi, à ton avis ?

Ben Jack'son: *Comme tous les génies, Michael avait sa face sombre. Il était en effet très attiré par le morbide et la mort en général. Il semblait comme appelé par elle. Avait-il des relations occultes, parlait-il aux esprits ? Nul ne le sait. En revanche, il est vrai que nombre de ses clips sont parfois troublants. Là encore, on n'a peut-être pas su déceler à temps les pulsions de mort de Michael. Sa mise à mort dans le clip « Ghost », par exemple, est loin d'être innocente et lourde en signification. Il s'explose la tête, comme pour illustrer un état de saturation. Trop de bruits, trop d'anxiété, trop de tout peut-être, pour un seul homme ! Une chose est sûre, on aurait dû se pencher de son vivant plus sérieusement sur ces messages codés. Ainsi, on aurait pu peut-être soigner Michael et chasser les fantômes intérieurs qui le rongeaient... Même constat pour la chanson « Morphine » ou sur l'album pourtant très commercial « Blood on the dancefloor », « Money », « Scream »... On n'a pas pris ces titres assez au sérieux. Trop absorbé peut-être par l'aura de l'artiste.*

Mais comment soigner un personnage si important ? Tout le monde ou presque était à ses pieds, nul n'osait lui dire la vérité. Par ailleurs, il n'avait quasiment jamais de répit. Tu vois, nous, on fait une interview sur la terrasse d'un hôtel à deux heures du mat. Michael, lui, il aurait été assailli de fans à la fin de son spectacle !

Ben Jack'son : *C'est bien là le problème ! Michael n'avait pas de moment de répit. Il ne cessait jamais de courir à droite et à gauche. Même sur une île déserte, les crocodiles l'auraient peut-être aussi reconnu ! Il était la personnalité la plus célèbre au monde. C'était très dur d'être dans la peau de Michael Jackson. Il l'a dit lui-même. Comment ne pas devenir excentrique, quand tout vous y conduit ? Tout ce que j'espère, c'est qu'il ait connu ne serait-ce qu'un minimum la paix. Qu'il ait rencontré des personnes qui l'aimaient pour lui.*

Michael Jackson, on le sait aujourd'hui, s'inspirait de nombreuses musiques et idées pour concevoir ses propres sons. Il a bien souvent réinterprété des chansons qu'on pensait de lui, comme « Whatever Happens », « Fall Again », « Another Day »... Au final, ceci n'est-il pas rassurant, de penser qu'il avait comme tout le monde une limite à son imagination ?

Ben Jack'son : *Oui et non ! Michael puisait des idées à droite et à gauche, mais le résultat final était toujours enlevé et très personnel. Il réussissait à transcender des versions éculées, créer de la musique avec des bruits de chantier ou de cannettes* *qu'on jette à la poubelle, il créait constamment. Oui, il y a eu une limite à son talent, mais une limite relative tant il allait de toute façon loin. Quand à ses propres chansons personnelles, il les composait réellement seul. J'évoque là « Stranger in Moscow », « Earth Song »... Michael pouvait briller en solo sur scène, ou dans un enregistrement studio. À ce propos, sachez que les gardes du corps de Michael à moment donné n'acceptaient plus de CD offerts en cadeau par les fans. De peur que Michael s'en inspire trop ! Jackson était un artiste contemporain, il construisait avec les éléments qu'il avait à disposition, autour de lui. C'est en ça, aussi, que réside son génie. Certains doivent partir très loin pour bâtir et vendre un univers. Lui, il claquait des doigts et on était transporté. Reste qu'il travaillait beaucoup. Tout ne tombait pas du ciel, contrairement à ce qu'il a dit. Le son parfait de « Billie Jean » ne s'est pas fait en deux jours.*

Revenons à ton spectacle, avant de terminer. Tu as injecté de la poésie, par rapport à l'an passé. Une mise en scène plus enlevée, des extraits de chansons d'Amélie Poulain, une gestuelle plus gracieuse. Tes shows ont pris aujourd'hui un aspect mystique, presque religieux. L'esprit de Michael y est-il pour quelque chose ?

Ben Jack'son : *Michael est toujours avec moi, sur scène. J'aurais du mal à expliquer ce que je* *ressens vraiment. C'est une sensation bizarre, de redonner vie chaque soir à un être irréel. Je sens qu'il m'accompagne dans ce que je fais. Il est à mes côtés. Peut-être qu'il me donne une bribe de son énergie, je n'en sais rien. Mais je prends en tout cas mon métier très à cœur. Michael vibre avec moi, à chaque pas de danse. D'ailleurs, quand je fais du play-back, j'ai un retour dans les oreilles ! Sa voix, démultipliée, me paraît soudainement proche. Cette sensation bizarre me donne l'impression d'être accompagné par son fantôme. Je prends ceci avec recul. Je fais mon travail, le spectre de Michael fait vibrer la scène et les spectateurs, pas moi. Moi, je ne suis qu'un interprète.*

Pourtant les gens viennent aussi pour toi, t'applaudir, etc. Tu es devenu une personnalité reconnue du monde du spectacle depuis sa disparition. Avant aussi, avec dix-huit ans de carrière, tu avais ton public. J'ai même vu un fan t'offrir, pendant la séance de dédicaces, un livre fait maison sur Ben Jack'son ! Comment assumes-tu ce nouveau statut ? Et surtout n'as-tu pas peur, en tant qu'artiste à part entière, de devenir une propre caricature de toi ?

Ben Jack'son : *Oui, je pourrais devenir à force ma propre caricature ! Le truc, tu vois, c'est que je me remets toujours en question. Mes shows sont vivants. On injecte régulièrement de nouveaux* *éléments, de nouveaux sons. Cela nous empêche de stagner. Enfin, si je fais du Ben Jack'son, je fais avant tout de l'imitation de Michael Jackson. Je suis payé pour ça. Si l'illusion fait effet, mon objectif est atteint. Après, dans quelques années, il est évident que je passerai à autre chose. Je ne vais pas faire imitateur toute ma vie, trop fatigant. Et puis, il y a un temps pour tout.*

Voilà, l'interview est finie. Merci Ben de t'être confié dans cette longue interview. Nous te souhaitons un long et beau parcours et te disons à la prochaine !

Ben Jack'son : *Merci à vous d'avoir ouvert le débat. J'espère vous voir nombreux, vous les fans, à mes spectacles. Si je passe près de chez vous, je serai ravi de vous voir ! Quand on pense à Michael, n'oublions jamais les valeurs qu'il souhaitait transmettre. Sa musique est celle de l'amour et de la paix. Il n'aurait pas voulu qu'on l'oublie… alors ne l'oublions pas. On doit porter un regard plus mûr aujourd'hui sur l'artiste. À bientôt… take care. »*

7
INVINCIBLE

« Ben ! Ça va ? Rien de cassé ?

— Où… où suis-je ? Qu'est-ce qu'il s'est passé ?

— Vous êtes à l'intérieur du mystérieux manoir. Nous étions en train de l'explorer. Ça vous revient ?

— J'ai mal au crâne…

— Vous avez touché le miroir étonnamment électrostatique ! Ça doit avoir un rapport avec l'orage de dehors. Vous avez pris un court-jus et êtes tombé à la renverse.

— Je suis resté combien de temps inconscient ?

— Vous n'avez pas eu le temps d'être inconscient, car vous avez chuté il y a moins de trois secondes… »

Le vieillard se releva doucement, en s'appuyant sur l'épaule du professeur. La jambe gauche légèrement tétanisée et l'esprit confus. Ses yeux étaient injectés de sang.

« J'ai des fourmis dans le talon et mal au dos. Ce n'est plus de mon âge, tout cela.

— Vous auriez pu vous faire très mal !

— J'ai… j'ai eu comme l'impression d'avoir rêvé. J'étais jeune, en train de signer des autographes.

— Vous fabulez !

— C'est ce que je dis.

— Bon, puisque vous n'avez rien de cassé, je vous propose qu'on fouille plus en profondeur la maison. Nous n'avons toujours pas d'explication quant à son origine. »

Les deux hommes poursuivirent leur expédition. L'œil alerte et le pas attentif, ils avancèrent plus en avant dans le manoir. Les ombres des arbres, qui se reflétaient sur le sol, formaient des figures anthropomorphes. D'éblouissants éclairs éclataient derrière les fenêtres entrouvertes par le vent. Le lieu dégageait une atmosphère d'angoisse et de solitude. Les meubles en bois distillaient une forte odeur d'humidité. Un immense chandelier, qui pendait au plafond, renvoyait de mille et un éclats la lueur bleutée de la nuit.

La vaste salle à manger débouchait sur un large corridor. Des œuvres d'art poussiéreuses, étalées sur les murs en décrépitudes, évoquaient des paysages féeriques et surnaturels. On y voyait des fées, des licornes, des chevaux à plusieurs têtes... Cette ménagerie pour le moins étrange attira l'intérêt du professeur.

« Le propriétaire des lieux doit être passionné de fantastique !

— Georges, si on nous surprend ici...

— Ben, c'est vous qui vouliez venir, je vous rappelle ! Vous m'avez conduit dans ce lieu, alors assumez ! lança-t-il d'un ton désinvolte.

— J'assume, mais je ne souhaite pas non plus déranger, ou qu'on passe pour des cambrioleurs.

— Fait-on quelque chose de mal, cher ami ? Non. Je ne sais pas si vous vous rendez compte de l'importance du moment que nous vivons. Nous allons peut-être entrer dans l'histoire, en faisant une découverte ! Il faut savoir prendre des risques dans la vie. Ça ne me suffit plus de discourir devant mes élèves, je veux agir ! Être dans l'action !

— Vous êtes si certain de trouver quelque chose d'important ici... Inconsciemment, je le pense aussi, avoua Ben.

— Nous y croyons tous les deux. Ce n'est pas un hasard ! Nous allons découvrir quelque chose d'incroyable ici, je vous le dis ! Regardez, ces deux tableaux-là, face à face, ils sont inversés ! Cet endroit est de plus en plus insolite !

— C'est tout de même étonnant que personne ne nous ait remarqués. Surtout avec le bouquant que j'ai dû faire en tombant ! Ça aussi, c'est insolite. »

Le professeur incita son acolyte à ouvrir conjointement une épaisse porte en fer, en face d'eux. Elle était ornée d'une gigantesque tête de gargouille. Les deux hommes s'engouffrèrent désormais dans une antichambre dotée d'une tapisserie feutrée. Ils débouchèrent ensuite vers une grande salle plongée dans les ténèbres. Le tonnerre continuait à gronder, mais sans les éclairs. Breïm augmenta l'intensité de sa lampe torche. Le rayon lumineux perçait la poussière opaque en suspension, tel un tentacule de pieuvre tapie dans les grands fonds. L'atmosphère se faisait toujours plus pesante.

Soudain, le parquet se mit à grincer brutalement aux quatre coins de la pièce. Un bruit sourd d'os cassés mit les deux hommes en alerte. Ils cessèrent instantanément d'avancer.

« Halte ! »

Breïm se retourna vers son acolyte, le visage en sueur et le teint pâle. Il haussa le ton.

« Ne bougez surtout pas ! Le sol est fissuré, ça risque de rompre.

— Je savais qu'on aurait dû rebrousser chemin ! Qu'est-ce qu'on fait maintenant ?

— Rien, je réfléchis à un plan.

— Professeur, c'est normal si les fissures nous entourent là ?

— Le sol n'est plus en état. Ça prouve que le lieu est inhabité depuis… au moins un siècle.

— Oui, eh bien moi, je ne compte pas rester autant de temps pour… HAAAA ! »

Le sol moisi rompit. Les planches de bois éclatèrent en morceaux. Les deux hommes chutèrent dans une cavité humide en forme d'entonnoir. Ils glissèrent sur une sorte de toboggan, qui les projeta plusieurs niveaux plus bas vers un amas de terre. Leur impact, amorti par les matériaux décomposés, projeta un touffu cône de fumée.

« Quelle chute ! Nous avons eu beaucoup de chance ! Rien de cassé, Ben ?

— Vous m'avez déjà posé la question tout à l'heure ! grommela le vieillard en toussant de la vapeur grise.

— Je dois perdre la mémoire avant vous alors.

— Nous… nous sommes dans une espèce de grotte maintenant.

— Fort probable ! lança Breïm. Et nous avons de la chance d'être encore en vie et que la lampe fonctionne.

— Vous avez peut-être raison professeur. Quelqu'un ou quelque chose semble nous guider... nous orienter vers un endroit bien précis. »

Le professeur se redressa et enleva la poussière de ses habits. Il orienta ensuite sa lampe vers le haut. Il aida également Ben à se redresser.

« Il semble que nous avons chuté d'une bonne trentaine de mètres ! Voire plus. On voit tout juste le haut. On a glissé, semble-t-il sur les murs, heureusement très inclinés. J'estime que nos chances de survie étaient de l'ordre de... heu... un pour cent.

— On aurait dû mourir, n'est-ce pas ?

— Vous l'avez dit vous-même, nous sommes des miraculés. Ben, pourquoi me faites-vous cette grimace ?

— J'ai mal. Je crois que je me suis fracturé le pied !

— Mince ! Il ne nous manquait plus que ça. Ça arrive à un très mauvais moment, mais c'était prévisible.

— Je peux marcher en m'appuyant sur vous. Mais c'est très douloureux. De plus, j'ai perdu mes chaussures. De précieux mocassins qui me suivaient partout... quelle poisse ! »

Les deux hommes observaient les murs poreux tout autour d'eux. Il n'y avait semble-t-il qu'une seule issue, tout droit. Le couloir de pierre renvoyait l'écho comme dans...

« Une crypte ! Nous sommes dans une crypte !

— Professeur, je ne compte pas finir mes jours ici. Trouvons un moyen de fuir ce lieu ! Nous ne percevrons sans doute pas son mystère... et c'est peut-être mieux ainsi. »

Le professeur rapprocha la lampe vers son visage. Il haussa le ton, le regard embrasé.

« Ben, on se ressemble tous les deux, vous savez. Nous sommes des aventuriers ! Votre vie a été moins rangée que la mienne, certes. Nos destinées différentes, c'est vrai. Mais au fond, nos âmes ne sont pas si éloignées ! Nous aurions pu être jumeaux. Vous avez remarqué, tout autant que moi, les attaches qui nous unissent. Cette même soif de l'inconnu et de l'ivresse. On est venu ici ensemble, on en repartira ensemble ! Et cela, avec les réponses qu'on est venu chercher ! Je vous le jure !

— J'ai le pied fracturé, je suis très âgé, il n'y a pas d'issue… Comment comptez-vous agir, bon sang ?

— Nous aurions dû être morts, Ben, après cette chute. Si on est encore là, à se parler, c'est parce que quelqu'un ou quelque chose ici l'a bien voulu ! J'en ai l'intime conviction, tout comme vous. Et je sais que je ne me trompe pas. »

Ben posa ses mains au sol et souleva de la terre, comme pour l'analyser. Il leva ensuite ses yeux vers son partenaire.

« Vous êtes croyant, professeur ?

— J'ai retrouvé la foi aujourd'hui, depuis que vous m'avez montré que la magie existait.

— Vous faites allusion à ce manoir, n'est-ce pas ?

— Nous n'aurions pas été là, vous m'auriez de toute façon incité à ouvrir les yeux, d'une façon où d'une autre. Accordez-moi le bénéfice du doute.

— Je vous l'accorde, puisque je doute aussi… de tout.

— Nous allons sortir d'ici. Regardez, le couloir débouche vers un espace caverneux éclairé ! Avançons vers elle. Appuyez-vous sur moi, je ne vous lâcherai pas. »

Les deux individus avancèrent en direction d'une salle d'où se reflétaient d'étranges ondulations aquatiques. Ben s'appuyait sur le professeur, qui redoublait d'efforts pour avancer. Le conduit était très étroit. Les deux explorateurs débouchèrent dans une pièce insolite, taillée à même la pierre.

« C'est juste incroyable ! »

Ce qu'ils découvrirent dépassait la raison : une dizaine de colonnes, où tournoyaient des serpents à têtes de lions sculptés, reflétait la lueur d'un petit bassin central. Le point d'eau était mystérieusement éclairé depuis le fond, par une vive lumière rosâtre. Des pétales de roses ainsi que des tournesols flottaient en suspension. La pièce dégageait une odeur de fleurs fraîches du printemps. Des papillons bleutés et des libellules violines tourbillonnaient autour du petit bassin taillé, de forme hexagonale. L'atmosphère qui se dégageait de cette chambre était incroyablement apaisante. Un inattendu havre de paix, tapi en plein cœur des catacombes. L'eau, d'une pureté incomparable, irradiait d'un reflet bleu turquoise fluorescent. Les murs de la salle étaient recouverts de lys. Des particules de poussière, lumineuses comme des diamants, flottaient en suspension. Elles restaient immobiles dans l'air, comme si le temps s'était figé à jamais dans ce lieu magique.

Breïm retira ses lunettes. Il écarquilla les yeux, la bouche ouverte, comme s'il voulait dire quelque chose mais que les mots lui manquaient. Ben, lui aussi, avait choisi de rester silencieux, éberlué par le spectacle.

Le vieillard s'inclina devant le bassin, happé par la fatigue engendrée par sa fracture. L'indicible scène qui leur faisait face dépassait l'entendement.

« Est-ce une illusion ? demanda-t-il à Breïm, désarçonné.

— Ce... ce n'est pas une illusion, puisque nous voyons la scène tous les deux. C'est sans doute un lieu sacré. Je me sens bien, ici. Ce lieu transpire la paix. »

Le professeur remua les mains pour déloger en douceur les espèces de lucioles. Il se pencha ensuite vers le bassin, en prenant garde de ne pas brouiller l'eau. Il n'était pas arrivé au bout de ses surprises.

« Il y a une sorte de tombeau, en dessous. On dirait qu'il y a... comme une sculpture de pharaon ! Mais je ne suis pas certain.

— Que comptez-vous faire, professeur ?

— Je vais... Ben, reculez ! Le socle a bougé ! RECULEZ ! »

Ben recula instantanément, le professeur trébucha au sol. La lumière se mit à frétiller. L'eau commença à se vider, attirée dans un petit tourbillon. Un bruit sourd, évoquant un mécanisme, résonna dans toute la salle. Ben resta sur ses gardes. Breïm rampa lentement jusqu'au bassin, pour en observer le fond. Le socle avait disparu... et un escalier en colimaçon était apparu depuis l'intérieur du sépulcre !

« Je n'en crois pas mes yeux ! Ce lieu est de plus en plus incroyable ! Il y a maintenant comme une sorte d'escalier en verre. Il plonge vers un niveau encore inférieur. Le tombeau devait être une sorte de porte. Je... Je peux voir des anneaux brillants étranges flotter en dessous. Je n'arrive pas à les décrire, en fait. C'est peut-être parce qu'ils sont indescriptibles ! »

Ben se mit lui aussi à sourire comme un enfant. L'appréhension avait laissé place à l'exaltation. L'exploration était de plus en plus surprenante. Mais rien ne les préparait à ce qu'ils allaient apercevoir ensuite, plus bas...

« Je vais descendre. Il y a forcément un trésor, ou quelque chose de stupéfiant en bas.

— Professeur, je n'aime pas vous voir dans cet état ! Vous avez changé. Je peux comprendre votre excitation, moi-même étant très enthousiasmé et à la fois apeuré. Mais il faut que nous prenions du recul ! On ne doit pas perdre les pédales. Nous ne savons toujours pas ce qu'il se passe ici. Nous n'avons aucune connaissance des forces qui nous entourent. Je vous sens attiré comme un aimant par le chant de mystérieuses sirènes. Je n'aime pas ça.

— Mais vous aussi Ben, vous êtes attiré par cette chose, en bas.

— Oui, j'avoue. Mais mon grand âge me fait résister.

— Je sais que tout cela dépasse l'entendement, mais nous ne pouvons pas reculer ! Nous sommes peut-être sur le point de faire une grande découverte. J'attendais ce moment depuis tellement longtemps... Toute ma vie, en fait. Et puis, de toute façon, nous ne pouvons pas retourner en arrière. Nous n'avons nulle part d'autre où aller et vous le savez pertinemment. Venez Ben ! Descendons. Nous avons rendez-vous avec l'histoire.

— Vous devenez peut-être fou ! En êtes-vous conscient ?

— Je ne pense plus là, Ben. J'ai cessé de réfléchir. J'avance, j'agis à l'instinct. Après, nous ferons toutes les analyses que vous souhaitez.

— Professeur, si nous ne sortons pas d'ici vivants...

— Ben, une force nous guide depuis très longtemps. Vous êtes accroché par un fil invisible et magique. Vous avez été le seul à apercevoir cette demeure ! Le seul ! Je refuse de croire qu'il s'agisse d'un hasard ! Quant à mon enquête sur Jackson, ce qui se trouve peut-être ici pourrait sans doute vérifier mes supputations...

— Vous ne m'en avez d'ailleurs pas parlé, de vos supputations. Que savez-vous sur Jackson, que vous ne m'avez pas encore dit ?

— Je vous le dirai... une fois en bas.

— Non ! Dites-moi tout maintenant ! Je vous ai amené jusqu'ici, vous me devez bien ça !

— Ben, ce n'est pas le moment.

— Georges ! J'insiste ! Dites-moi ce que vous êtes le seul à savoir ! Ce que vous avez découvert dans vos enquêtes ! Tout de suite ! »

Breïm expira longuement. Le regard de Ben laissait transparaître une vive pugnacité. Le professeur, dans un état d'ivresse, décida finalement de se confier. Il devait bien cela à son partenaire.

« Bon, puisque vous insistez. Mais ce ne sont que des hypothèses. Il se trouverait que Michael ait caché un trésor, quelque part. Une sorte de relique. Il songeait depuis fort longtemps. Il y aurait eu des indices. En particulier sur la pochette de son ultime album, « Invincible ». L'œil et le sourcil digitalisé... c'est peut-être un code. Un plan pour élaborer une clef. Michael voulait transmettre une chose de grande valeur... Mais je n'ai pas été en état de le prouver.

— Vous êtes complètement cinglé, Breïm !
— Je le sais.
— Ou alors, vous êtes un génie.
— Je suis en tout cas, là, votre partenaire ! Et je vous demande de descendre en bas, ensemble.
— Je viens avec vous. Parce que j'en ai aussi ce souhait. Et parce que je n'ai nulle part d'autre où aller. »

Ben respira profondément, puis se pencha en direction des marches. L'escalier en verre tourbillonnant était éclairé par des faisceaux de lumière d'origine inconnue. Impossible de déterminer jusqu'où il descendait ! Il s'enfonçait dans les abymes, en direction des méandres de la terre. Les perceptions des deux hommes étaient floues. Sous le sol, dans ce lieu insolite, ils avaient perdu leurs points de repère. Le temps et la matière n'avaient plus la même définition ni le même sens.

Le professeur avança le premier, à tâtons. Il restait près de Ben, comme pour le protéger d'une potentielle chute. L'escalier semblait se dessiner à mesure que Ben et Breïm descendaient, telle une partition musicale en perpétuelle création. Chaque pas en amenait un autre, comme des notes de piano.

« Ben ! Accrochez-vous à moi ! »

Soudain, les marches se brisèrent dans un bruit assourdissant. Chacune d'entre elles se métamorphosa en sable, glissant dans une sorte de toboggan.

« On tombe encore ! »

Les deux hommes titubèrent. Tête la première, ils se mirent à dévaler le toboggan. Celui-ci tourbillonna dans la caverne, pivotant dans chaque sens avec une célérité folle. Avec la vitesse, il leur était difficile d'ouvrir les yeux. Des chenaux obscurs et lumineux se succédaient plus vite que de raison. Le sinueux tracé fit désormais un arc de cercle puis gagna en déclivité.

« Ça va secouer ! Accrochez-vous ! »

La pente sèche, assez longue, fit une gigantesque courbure avant de laisser place… à du vide !

« C'est… C'est la fin ! Adieu ! »

— NOOON ! »

Ben et Breïm furent éjectés dans le néant. Ils ne savaient plus s'ils devaient fermer leurs yeux où au contraire les laisser grand ouverts. Ils flottaient dans l'espace, entourés d'étoiles.

« Est-ce la mort ? Le paradis ? »

Ma rencontre avec Michael Jackson :

« J'ai rencontré une seule fois Michael Jackson, en 2000. Il m'est difficile de raconter ça, parce que j'ai l'impression de trahir un secret, mais je me suis promis qu'un jour, j'en raconterai un peu plus… C'est vrai, je le reconnais, j'ai eu envie durant des années de garder jalousement cette incroyable rencontre ! Juste pour vous faire réaliser que c'est parfois dans des situations complètement improvisées que l'on peut réellement vivre un rêve. Un rêve sans fanatiques, sans bousculades, sans cris.

Michael était présent dans un hôtel à Genève, avec ses enfants. Ma sœur, qui travaillait pour une entreprise suisse de tourisme, m'avait donné l'info. Elle m'a fait savoir que Michael assistait à une soirée orientale donnée par de riches Saoudiens, dans une salle en sous-sol d'un grand hôtel genevois, en face de la gare.

Je débarquai le lendemain matin à Genève ! Aucun fan n'était au courant. Trois vans noirs et une voiture de policiers attendaient sur le parvis. J'entrai dans le hall de l'hôtel, je reconnus Wayne Nagin, le chef de sa sécurité, de dos au bar... Avec un sourire, je lui dis bonjour et: « How is he doing? » Il me dit: « I beg your pardon, who are you talking about? » Je répondis en souriant que ça me faisait plaisir de le savoir là. Sacré Wayne, il ne me l'a pas faite! J'avais apporté une lettre, des photos et des vidéos avec moi. J'étais naturellement en « civil ». Non maquillé. Jean tee-shirt, normal quoi. Il me dit: « OK! » en finissant son verre. Je compris que je ne pouvais pour le moment pas tirer grand-chose de Wayne. Alors, on décida avec ma sœur d'observer le balcon de sa chambre dans un endroit stratégique.

Et ça marchait! Nous pouvions voir Michael jouer avec ses enfants. Il était d'abord habillé en rouge, puis ensuite en noir, en train d'admirer la vue discrètement. Michael remarqua notre présence et nous faisait signe de temps en temps! Wayne avait informé Michael de ma présence, celle d'un imitateur. Je n'espérais qu'une seule chose: qu'il nous fasse un signe pour monter à l'étage... en vain. Nous gardâmes bien sûr le secret de sa présence.

Le lendemain... Wayne sortit chercher un truc dans un van. Je me mis à le suivre comme une souris. Le chauffeur allemand, pas très sympa, m'intima de « déguerpir »!

« Dégage, y a rien à voir ! » À cet instant précis, je vis sortir par la porte des cuisines, le frère de Wayne, portant dans ses bras Paris, puis Grace Rwaramba portant un autre enfant, puis enfin Prince ! L'ambiance était électrique, notamment à cause des policiers suisses en civil devant l'hôtel.

Enfin, moment incroyable, Michael passa devant nous... et nous salua ma sœur et moi ! C'était déjà génial, mais j'étais déçu de ne pas en obtenir plus... Cependant, la présence des enfants, voilés, rendait les choses difficiles... Nous savions que Michael nous connaissait ma sœur et moi, il était là à quelques mètres de nous. Il nous a salués et a remis son écharpe rouge sur le visage lorsque ma sœur a crié son nom... comme un réflexe !

Les vans ont démarré. Chose incroyable, je savais que Michael tenait dans ses mains mon enveloppe contenant photos, des vidéos et une lettre que j'avais rédigée toute la nuit en manuscrit. Je savais que le « Man in the Mirror » se tenait à deux mètres de nous, qu'il n'y avait juste qu'une vitre teintée qui nous séparait de lui ! Et que lui, paradoxalement, ne pouvait pas la descendre. De peur de trahir sa présence secrète dans cet hôtel. Nous marchions, ma sœur et moi, tranquillement sur ce trottoir, avec la voiture de Michael Jackson à quelques mètres qui roulait au pas. Je souriais bêtement... et je fis des « Moonwalk » improvisés ! Je les effectuai le plus discrètement possible. De peur, moi aussi, d'éveiller des soupçons de sa présence ! Je pense qu'un petit moment de complicité s'est créé à cet instant précis. Michael devait apprécier le fait que je garde secrète sa présence. Michael était là, tout près de nous, et je savais déjà tout fier, que je vivais un moment historique.

Je savais à ce moment-là, pendant que je faisais le pitre dans la rue, que j'existais enfin aux yeux du Grand Maître... Toute ma vie, je me disais que je donnerais n'importe quoi pour exister à ses yeux. Au moins quelques instants. Il avait fait le lien entre le jeune fou du trottoir qui dansait en face de lui et le jeune homme sur les photos, habillé et maquillé en lui-même... Je me demandais ce qu'il pouvait bien se dire... Était-il mort de rire comme on le vit dans le reportage « Living with MJ en Allemagne » en voyant un fan danser devant son minibus ? Aujourd'hui, je ne le pense pas. Michael était différent en 2000.

Le van s'arrêta devant le dernier feu. C'était le moment de lui dire au revoir. Nous l'avons salué une dernière fois, nous avons vu sa main s'agiter derrière la vitre ! J'ai exécuté une dernière vrille près du feu. Un vieillard promenant son chien sembla surpris par mon toc ! Tant pis, je n'aurai pas l'occasion de croiser le Roi de la pop tous les jours dans ma vie... Au risque de passer pour un fou aux yeux d'un vieux Genevois !

Ma sœur et moi eûmes vraiment le sentiment d'avoir vécu quelque chose d'unique ! C'est un peu comme si vous étiez témoin de l'atterrissage d'une soucoupe volante, avec vos amis en voiture. Vous n'avez pas forcément envie d'en parler ouvertement ! Eh bien, c'est pareil, ma sœur et moi, on ne parle jamais de cet incroyable événement. Nous avons gardé ça, en nous, égoïstement, chacun de notre côté, pour être sûrs de ne pas altérer le souvenir ! Jusqu'à aujourd'hui, pour le livre.

Quelques jours plus tard, ou plutôt quelques nuits d'insomnies plus tard, j'ai appris en rentrant qu'il se rendait à Vevey, pour une visite de la famille Chaplin... Une amie fréquentant une école privée huppée du canton m'a expliqué que Michael Jackson était venu chercher son amie, devant l'école, à la sortie des classes... Cette amie n'était autre que l'héritière Chaplin, jeune adolescente à l'époque. Vous vous rendez compte ? Michael Jackson qui vient vous chercher à la sortie des classes dans sa limousine !

Après « enquête », j'ai appris qu'il se rendait tous les jours à l'autre bout du lac, à Montreux, en studio, pour peaufiner une chanson d'« Invincible ».

J'ai bien sûr immortalisé cette rencontre avec une petite photo prise sur le vif. Mais les meilleurs souvenirs, eux, restent dans ma mémoire. Ils ne s'effaceront jamais ! »

Des comètes virevoltaient autour d'eux. Les galaxies et les étoiles, par milliards, s'accéléraient... à l'infini. Ils furent entraînés à la vitesse de la lumière vers une sorte de trou noir. Leurs corps percutèrent une barrière de feu et de glace. Elle se brisa comme du verre, en milliers de morceaux. Des particules électriques entouraient leurs membres. Autour d'eux, une succession de paysages irréels se dessinait. Les deux hommes, projetés comme des missiles, étaient à bout de mots et surtout de souffle. Des monuments aux dimensions homériques, évoquant la carrière de Michael Jackson, se profilaient à leurs yeux. Des chapeaux géants taillés dans du quartz, des gants en forme d'arc-en-ciel... puis une pluie de météorites, des bouches géantes, des éléphants, des licornes, des chimères, des baleines, des centaures, des anges, des démons... un bestiaire totalement dément ! Enfin, les deux hommes toujours en apesanteur débouchèrent dans une salle colossale ornée de milliers d'œuvres d'art. Ils s'orientèrent ensuite vers une pupille géante, dans laquelle se trouvait un paysage en désolation. Des terres arides, où régnait le chaos. Plus loin, une bouche, qui se transforma ensuite en interminable couloir aux formes organiques. La vitesse se mit à ralentir et les murs à se désagréger. Au bout du tunnel, une vive lumière aveuglante. Les deux hommes percutèrent enfin un mur visqueux. Un bruit fracassant éclata. Le son assourdit leurs tympans.

Ben et Breïm ne bougeaient plus. Autour d'eux, plus rien ne défilait. Ils étaient inertes, sur un sol humide et fibreux.

Ben et Breïm ouvrirent leurs yeux doucement, au bout de quelques instants. Ils se redressèrent lentement, hébétés. Ils se trouvaient maintenant dans une petite pièce carrée et blanche, grossièrement éclairée par quatre flambeaux. La salle était toute simple, sans fioriture. La température n'était ni froide, ni chaude. Le silence y régnait en maître. Breïm vérifia que toutes les parties de son corps étaient bien intactes. Il se retourna machinalement vers son accompagnateur, presque par habitude, pour s'assurer qu'il était bien là.

« Rien de cassé, Ben ?

— Je… je me sens très léger. Avons-nous rêvé ? Ou respiré des substances toxiques ?

— Je n'en sais rien. Je ne sais plus. À vrai dire, je n'ai plus de mot. Et puis j'ai perdu mes lunettes, je ne vois pas grand-chose ici. Tout est flou.

— Professeur… devant vous ! Nous ne sommes pas seuls ! »

Une silhouette, d'abord dissimulée dans l'ombre, apparut devant les deux hommes. Un individu de taille moyenne, vêtu d'une chasuble noire, leur faisait face. Son visage était caché par une longue capuche qui pendait vers le bas.

« Que… Qui êtes-vous ? » lança le professeur en rassemblant son énergie, la voix éraillée.

La silhouette fit quelques pas en avant. Curieusement, elle ne renvoyait aucune ombre. Les rangées de flambeaux crachèrent des étincelles. L'inconnu effectua des cercles autour des deux aventuriers.

« Je vous le redemande solennellement, qui êtes-vous ? »

L'individu s'arrêta de marcher net. La lumière s'agita. Il resta quelques instants sans bouger, puis s'approcha très près des deux hommes. Il leur faisait face à moins d'un mètre.

« Nous n'aurions jamais dû venir chez vous, monsieur ! Désolé de vous avoir importuné ! Je suis confus ! répliqua Ben. Rassurez-vous, nous ne sommes pas des voleurs. On a eu notre leçon, avec votre tour de magie ! Ho oui ! J'ai envie de vomir. »

Le professeur se releva, comme pour retrouver et surtout imposer sa stature d'« instruit ». Ben, lui, restait accroupi au sol. Éreinté, perclus de courbatures. Le corps détruit de l'intérieur. Les os racornis. Trop fatigué pour se redresser. Ses cheveux blancs ondulés pendaient sur les dalles. Les traits de son visage étaient très tirés. Son souffle court dénotait une profonde fatigue. Harassé, surmené, affaibli, il avait perdu de sa superbe. Le vieux sosie n'était finalement plus que l'ombre de lui-même… du moins le pensait-il.

À sa grande surprise, la silhouette au port de tête altier lui tendit alors une main. Pour l'aider à se relever. Ben, au début gêné, accepta cette aide bienvenue et inattendue. Peu importe si l'acte était impérieux, le geste invitait le pâle sosie à se redresser. Et cela valait plusieurs poignées d'or.

« M... Merci monsieur. »

L'étranger recula d'un pas. Il s'exprima ensuite d'une voix posée.

« Vous êtes ici parce que vous souhaitiez venir. Vous êtes les premiers.

— Mais... de quoi parlez-vous ? lança Breïm. Et... qui êtes-vous ?

— Je suis... une facette de votre imagination. Une part de réalité aussi. En fait, je ne pourrai pas vous expliquer ce que je suis réellement, car il n'y a pas de mot adapté à cela dans votre vocabulaire.

— Nous sommes morts ? Vous êtes un fantôme ? Une illusion ? martela Breïm.

— Une illusion en est une... jusqu'au moment où elle devient réelle.

— Je ne comprends pas ! Nous sommes fatigués, monsieur ! Où voulez vous en venir ?

— Je suis un rêve, Ben. Je suis dans votre rêve.

— Mon rêve ?

— Tout ce que vous voyez, autour de vous, est du rêve. Depuis le premier instant. Le voyage dans l'espace, le château, le professeur...

— Mais c'est incroyable ! Et là, où sommes-nous exactement ?

— Ici, vous êtes précisément au plus profond de votre âme, appuya l'inconnu. Vous êtes au cœur de votre ultime strate de pensée. Normalement, on ne peut pas y accéder.

— Mais vous dites n'importe quoi ! maugréa le professeur. Moi, je suis bien réel ! Je suis conférencier depuis des dizaines d'années. J'ai une vie bien remplie !

— Vous n'avez pas si tort, Breïm. Vous êtes réel dans l'esprit de Ben, parce que lui vous pense réel. L'illusion et le tangible façonnent la vie à l'unisson, l'un ne va pas sans l'autre. D'ailleurs, lorsqu'on accomplit un rêve dans la réalité, alors les illusions deviennent concrètes. Tout n'est finalement qu'une question de temps. Les illusions sont des réalités latentes.

— Vous êtes barré ! Complètement barré ! Vous êtes un fou ! lança Breïm.

— Inutile d'être grossier, fit la silhouette en s'adressant à Ben.

— Pourquoi ne me regardez-vous pas, quand vous me parlez ? lança le professeur. Vous avez peur d'affronter mon regard ?

— Vous n'êtes qu'une projection de la pensée de Ben. Alors autant regarder le principal intéressé.

— Mais, c'est n'importe quoi !

— Ben, cessez de penser aussi fort. Relevez-vous. Je vais vous donner quelque chose que vous êtes venu chercher. Elles vous attendaient…

— De quoi parlez-vous ?

— Vous comprendrez tout bientôt.

— Est-ce que tout ceci est faux ? Est-ce que je rêve ?

— Oui, vous rêvez, mais rien n'est faux. Comme je vous le dis, tout est une question de temps. La vie et la mort, le passé et le futur... Si loin et si proches. Entremêlés dans l'univers. L'un est respectivement une fausseté dans la réalité de l'autre. Et pourtant, ils forment un tout. Un cycle éternel, enfermé sur lui-même comme une bulle... suivez-moi Ben. Il est temps. »

Ben se tourna vers le professeur. Celui-ci se mit à se... dématérialiser ! Consterné, déstabilisé, Breïm comprit qu'il se passait quelque chose d'anormal. Il saisit instinctivement que ses secondes étaient comptées. Alors il s'approcha de Ben... et lui glissa quelque chose dans la main.

« Mon heure est venue semble-t-il. Tenez Ben, prenez cette clef. Gardez-la près de vous, ne la perdez pas, murmura-t-il.

— Professeur ! Que se passe-t-il ?

— Ça va aller cher ami... je dois y aller.

— Professeur, ne partez pas ! J'en ai assez de voir les gens auxquels je m'attache partir ! Pas vous ! Pas comme ça ! J'en ai assez, Georges ! Je suis fatigué. Tellement fatigué...

— Ben... je ne pars pas. Je suis en vous. À jamais. Comme les personnes que vous rencontrerez... et qui sauront se faire une place dans votre âme.

Breïm disparut dans une explosion de poussière. Un flash de lumière cependant silencieux. De fines pellicules de fumée restèrent quelques secondes en suspension dans l'air.

Ben se tourna alors vers la silhouette, le regard ardent. Il serra ses lèvres jusqu'au sang, comme pour évacuer ses émotions. Ses poings serrés, la démarche farouche. Il inclina son buste vers l'étranger, puis éleva le ton.

« Pourquoi avez-vous fait ça ?

— Breïm est une image générée par votre subconscient. D'ailleurs, vous êtes en train de reprendre conscience et n'allez pas tarder à vous réveiller. Toutes les couches de pensées profondes se referment sur elles, comme un escargot qui réintègre sa coquille.

— Je… je n'ai fait qu'un long rêve, depuis le départ ? Comment est-ce possible ?

— Le professeur n'a pas joué à cache-cache quand il était petit. Ce sont vos souvenirs.

— Et vous, êtes-vous un souvenir ? Une hallucination ? Un rêve ? Le reflet de ma vraie identité ? Ou alors, vous n'êtes pas lié à mon imagination mais une présence étrangère ! rétorqua Ben. Je vous en prie, s'il vous plaît, dites-moi qui vous êtes ! Dites-moi la vérité !

— Ben, puisque vous êtes si curieux, je vous montrerai mon visage avant que vous ne retourniez chez vous. Mais, ironie du sort, sachez que vous ne vous en souviendrez pas…

— Et pourquoi ?

— Car c'est une règle absolue, dans les songes, de ne pas se souvenir de tout ce que l'on voit. Certains secrets doivent rester au stade d'illusion, pour qu'ils n'interfèrent pas dans votre réalité… Suivez-moi, Ben. Faisons vite. Ou alors, vous aurez fait tout ce chemin pour rien. »

Le vieillard s'avança vers une longue porte dorée. L'être face à lui étincelait de mille éclats. Sous ses pieds, le sol commençait à se dématérialiser. Comme des plaques de glace qui se brisent sous l'effet de la chaleur. Les murs se désagrégeaient petit à petit, au fil des secondes. Les couleurs se brouillaient. Le son aussi. Ben tâcha de ne pas perdre l'équilibre, en restant sur les dalles encore intactes. Il reconnut, en bas, un paysage familier. Sa chambre à coucher... et « un jeune garçon en train de dormir »!

« Restez concentré, Ben ! Ou vous allez vous réveiller trop vite. Laissez-nous le temps de finir nos affaires. Fermez les yeux, s'il vous plaît, vous ne devez pas regarder. »

L'étranger s'avança vers la porte dorée. Il l'ouvrit en claquant des doigts. Il fit quelques pas... et revint quelques instants plus tard avec une boîte métallique. Il ferma l'accès du lieu mystérieux d'où émanait une lueur indescriptible. Aucun mot ne saurait la décrire. Peut-être parce que ce n'était pas tout à fait une lueur...

« Voilà, c'est pour vous. Désormais, cette boîte vous appartient. Prenez-la, et ramenez-la chez vous.

— Merci. Qu'est-ce donc ?

— Vous verrez, une fois de retour en bas. Si vous réussissez à ouvrir la boîte, alors vous pourrez utiliser son contenu.

— Et comment pourrai-je la déverrouiller ?

— En utilisant votre cœur... et surtout votre âme d'enfant. »

Ben saisit le coffre en métal des mains de la silhouette. Il ne restait plus que quelques dalles au sol. La température se faisait beaucoup plus froide. L'être face à lui commençait à se désagréger en poussière dorée. Curieusement, Ben semblait rajeunir depuis l'instant même où il avait posé ses mains sur la boîte. Le temps faisait miraculeusement machine arrière sur son visage, ses mains, sa peau.

« Faites-en bon usage, Ben. Cette chose vous donnera du pouvoir. Un pouvoir important, celui d'éclairer le chemin de ceux qui vous regarderont avancer. Un jour, vous aussi, vous devrez les concéder.

— Monsieur, demanda Ben avec maintenant une voix d'enfant, puis-je savoir... »

La silhouette, dont le corps trouble était désormais presque translucide, ôta sa capuche. Le jeune garçon écarquilla les yeux.

« Merci pour votre confiance. Maintenant, je sais désormais qui je suis.
— Adieu, mon petit. Je serai toujours là. »

7h07. Ben se réveilla. Il était temps d'aller au collège, pour effectuer la rentrée. La matinée était froide, mais son cœur rempli de chaleur.

Les années ont passé et ne cessent de défiler. Aujourd'hui encore, Ben n'a pas oublié ce rêve incroyable. Un songe qui l'a guidé, par-delà le temps et la raison, à accomplir ce qu'il sait faire le mieux : danser.

Danser, pour s'épanouir et rendre les autres heureux. Danser comme Michael Jackson...

Danser pour être, de toute évidence, dans la vérité...

... Universelle.

Chapitre Bonus

Morceaux d'interviews coupés au montage !

« Je ne voulais pas faire de chirurgie plastique. Je ne voulais pas perdre mon âme. J'ai concentré mes efforts sur la prestation scénique. Internet m'a beaucoup aidé. Les gens recherchent quelque chose d'authentique, pas de biaisé.

« Je n'ai jamais pris un seul cours de danse de ma vie. J'engage des danseurs pros. Quand on répète, ils en profitent pour me filer des techniques de danse. J'apprends encore aujourd'hui avec leurs conseils. Des écoles de danse m'appellent pour clôturer leurs galas. Ça me fait toujours tout drôle, car je me montre en professionnel alors que je suis totalement autodidacte ! Je fais tout au feeling. Je ne sais pas compter quand je danse. Pour monter un spectacle, il faut trois « répètes ». J'ai été aussi autodidacte pour le maquillage. Bien sûr, j'ai appris au fil du temps. J'utilise un maquillage spécial, très cher. Il tient le coup à la transpiration. »

« Je ressens comme un gâchis, quand je pense à quel point le temps est éphémère. J'ai l'im-

pression de ne pas saisir le moment. J'aimerais arrêter et prendre le temps. Mais c'est impossible, et ça va trop vite. C'est pour ça qu'il faut profiter de chaque instant, sans se prendre la tête. »

« Des gens font un transfert de MJ sur moi. Je dois faire attention à ma vie privée. Beaucoup de personnes font un amalgame. Je ne produis pas le même effet que Michael Jackson, dans la réalité. L'effet de la télé accentue tout cela. Quand on vient signer des cartes, c'est un prétexte pour voir comme je suis en vrai. J'ai toujours du recul par rapport à cela. »

« J'ai éteint mon site le jour de sa mort. J'hésitais à continuer. Je voulais l'approcher encore une fois et danser devant lui. Ce but a failli se réaliser, car je devais faire l'after-party du concert « This is it » programmé le 16 juillet 2009. Je me suis dit qu'il allait être là. Je ne pensais pas qu'il allait mourir un jour, ou du moins aussi vite ! J'imaginais un Jackson vieillissant, cela m'aurait donné plus de marge pour réaliser mon rêve. J'ai dû alors recomposer autrement... j'ai finalement fait de mon spectacle un hommage posthume. Psychologiquement, c'est dur d'imiter quelqu'un qui n'est plus là ! Il y a des bandes-son dans mon show que je n'écoute pas. Je me déconnecte à ces moments-là. Je pense plutôt aux détails techniques. »

« Comment critiquer une personne qui a créé un style exceptionnel ? Michael voulait à mon sens devenir universel. Alors il a pris des éléments de chaque culture. Il y avait de la danse, des claquettes, du tribal… quand on le voit tournoyer, c'est purement africain. C'est un grand danseur de claquettes à la base ! Il faisait des numéros. Fin des années 1970, la troupe des Electric Boogaloos a inventé le hip-hop modern. Le leader Jeffrey Daniel lui a montré les pas excentriques que Michael à ensuite transformés en Moonwalk… »

« Pendant la prestation d'« Earth song » aux British Awards, Michael réconciliait sur scène un rabbin et un Palestinien. Il n'avait pas si tort de se montrer en messie. Car il représentait l'humanité ! MJ se prenait pour un messager de dieu. Il a dû rester témoin de Jéhovah jusqu'à la fin de sa vie. Il a dû se sentir messager… « History » était une preuve de son besoin de glorification. Dans un autre sens, les hommes avaient besoin d'un guide. Une personne vénérée qui devait, semble-t-il, payer une contrepartie. Il l'a payée cher, avec sa descente aux enfers… »

« Michael Jackson avait la voix d'un extraterrestre. Le seul qui pouvait se mettre en position de divinité, c'était lui. Il y a des questions à se poser. Il est unique, mais pas parfait. Il avait des failles humaines. Il avait un charisme exceptionnel, mais ça restait un humain. Son problème à MJ,

c'est d'avoir été MJ 24 heures/24. c'est ça qui l'a flingué! Il s'est emprisonné dans une image de roi... et il aimait cette image. Rien ne l'empêchait de sortir en ville incognito. Il n'était pas obligé de sortir avec des déguisements, des armées et des policiers. D'ailleurs, MJ avait même un porte-parole qui alertait les fans et la presse, pour faire monter la pression! Il s'agissait d'un dénommé Teddy Lakis. MJ aimait provoquer l'hystérie. Il aimait qu'on le vénère. C'était sa drogue, il adorait ça. Il ne pouvait pas s'en passer. C'était le but de sa vie. Il était mégalo. Il adorait le show-business. Il mettait le masque pour éviter les paparazzis. Mais sur scène, il montrait son visage. »

« Je croise un jour Gérard Majax, il me demande ce que je fais dans la vie. Je lui dis que j'imite Michael Jackson. Il m'a dit: « OK c'est très bien, mais tu vas faire quoi ensuite? » »

« En prononçant le nom Michael Jackson, j'essaye de faire ressentir tout l'univers qu'il y a derrière. »

La polémique Breaking News!

« Pour moi, il est clair que l'on a ajouté une autre voix semblable à celle de Michael sur ce morceau. Il est aussi clair que Michael chante bien dedans, car on y perçoit bien son timbre

de voix à certains moments. Certes il ne s'agit pas d'un produit 100 % Jackson, et cela me dérange dans le sens où Michael a suffisamment enregistré de chansons dans sa carrière, avant chaque sortie d'album, et que l'on ait pas pris le temps de chercher un autre titre... Peut-être avait-on besoin de sortir cette chanson en particulier, pour exprimer ce que Michael a ressenti toute sa vie... Voilà pourquoi il parle de lui à la troisième personne...

En lisant « In the studio With Michael Jackson » de Bruce Swedien, je me suis rendu compte du processus de la construction d'une chanson de Michael Jackson. C'est compliqué, long et dépendait du temps de maturité d'une mélodie dans sa tête. Une chanson comme Liberian Girl a mis 6 ans pour sortir ! Résultat ici, il y a eu de la précipitation... et surtout l'on peut aisément sentir qu'il manque des pièces dans ce puzzle. J'espère juste retrouver des chansons achevées dans le prochain album le 14 déc 2010. Et continuer ainsi à sourire en l'écoutant.

La ballade « Hold my Hands » avec Akon me laisse de marbre. Je n'aime pas le style d'Akon, et cette collaboration n'apporte rien à la musique de Michael, si ce n'est un formidable palmarès dans le CV d'Akon. Mais c'est le choix de Michael. À la fin de sa vie, qui n'a pas fait que de très bon choix de collaboration et de conseil. C'est mon avis.

Je suis déçu qu'un morceau comme « gangstar » de Tempamental n'apparaisse pas, ça aussi c'est un phénomène jacksonien ! 'Much too soon'est une superbe création aussi. Il y a des titres que j'ai hâte d'entendre comme Behind The Mask... elle se révèle purement autobiographique.

À l'heure ou j'écris ces lignes, nous avons encore peu de chose, car je viens juste d'acheter le DVD Vision, et c'est vrai que ça me fait encore bizarre de lire « executive producers: John Mc Clain et John Branca » au lieu du mythique « Michael Jackson » que j'ai pris l'habitude de lire partout sur tous mes supports. Je suis assez content de ce produit, avec des clips assez rares dessus, ça change de nos dvd bricolés maisons à partir d'images Internet... »

MICHAEL JACKSON, LE « MAÎTRE »

C'est l'histoire d'un gars pas comme les autres, né avec le don d'avoir mille dons. Un magicien iconoclaste, un danseur éclairé et éclairant, un chanteur à la voix d'or… et de l'or dans le sang.

C'est l'histoire d'un ange qui s'est trompé de planète, investi dans une peau d'homme bien trop étroite pour son esprit bouillant. Un extraterrestre, un mythe, un perfectionniste, fait curieusement de chair et de sang. Là est le vrai mystère !

Michael Jackson. Un nom qui cache des milliers d'adjectifs… mais nul mot pour décrire les limites de son talent et les dimensions de sa grâce. Une énergie cassant les barrières du temps, une voix taillée pour défier l'éternité. Un regard qui semble contenir toute l'énergie invisible du cosmos ! Un soleil éteint trop tôt à l'autre bout des galaxies, qui éclaire aujourd'hui nos nuitées de printemps amoureux. Et bientôt, pourquoi pas, celles des autres planètes.

Michael Jackson, c'était aussi un frère que je n'ai jamais eu. Un roi qui nous assurait, nous vendait même en se promenant avec lui, l'existence du bonheur. L'expression d'un dieu qui nous veut du bien. Et malgré son masque d'ébène, son regard trahissait la joie et l'amour pour les siens. Un être qui m'a fait, nous a fait croire en la magie. Un génie dont le talent prêté par Dieu est l'évidence même et insolente de son existence.

Maintenant que le petit Black a disparu, nous réalisons avec rancœur qu'il nous laisse un grand blanc. En particulier à nous, les fans. Témoins privilégiés de sa vraie nature. Laquelle était emplie de gentillesse et de générosité, contrairement à ce que les ignorants, bien plus que les médisants, ne laissaient croire.

L'imaginer disparu n'est qu'une perception, parmi tant d'autres, de la réalité qui nous entoure. Que savons-nous réellement de la vie et de la mort pour penser Michael absent ? Peut-être est-il toujours présent ? Peut-être est-il dans les cieux, dans le vent… Mais une chose est sûre, il erre toujours dans nos cœurs. Et il suffira de chanter son nom pour, comme avant, chasser d'un trait nos tourments.

Car notre cœur n'a cessé et ne cessera de battre, quand on est fan, au rythme des pas de Michael. Il nous a irradiés de bonheur, trop sans doute. Mais on ne se lassera pas de se replonger dans ses ballades heureuses. Ses tempos sexuels. Ses chœurs orgasmiques. Ses paroles endiablées. Son style implacable. Sa gestuelle irrévérencieuse. Son timbre de folie, qui se décuple par moments comme des titans partis en guerre rosser les éléments sur un champ de bataille ! Machine de guerre à égrainer la paix. Soldat parti en mission contre les affres humaines. Michael Jackson est une histoire d'amour passionnelle où la musique est et reste un haut lieu de rencontre intimiste.

Jackson a tout donné de son vivant, alors laissons aujourd'hui reposer Michael. Contentons-nous de porter le flambeau, avec valeur, respect et humilité. Donnons aux autres le meilleur de ce qu'il nous a enseignés. Dansons quand se prête l'occasion ultime, de nouveau animée par sa flamme et possédée des beat de la vérité. Le feu ne s'éteindra jamais, car ce n'est pas un cône de lumière qui a envahi la Terre en 1958 mais un soleil de vinyle aux rayons infinis. Ne fermons pas les yeux aux messages sublimes et subliminaux que nous laissent ses clips achevés au clap écourté. Écoutons toujours avec le cœur ces paroles qui nous disent de guérir le monde et soigner la Terre.

Car plus encore que d'aller voir un « film this is it » discutable ou pas, de déblatérer sur les conditions de travail qui ont occis un homme hélas usé, c'est sur la véracité de son message de paix qu'il faudra se concentrer.

Tu as été et tu resteras dans notre cœur à jamais. Tu resteras le meilleur, nous prierons tous pour toi et tu seras le témoin privilégié de tous nos instants de bonheur… et this is forever.

Remerciements de l'auteur

Michael Jackson,
Mes parents Alain et Myriam, ma sœur Alexandra.
Mes grands parents.
Ben Jack'son, pour sa disponibilité et son empathie.
Martine, Nadia, Karine, Andréa Novick pour ses conseils,
Christian Azaïs, les amis fans François,
Sabrina, Laurie, Maëlle, Maud…
Les éditions Normant, pour leur rigueur.

Remerciements de Ben Jack'son

Au « grand Maître » Michael Jackson.
« A mon père », si tu avais vu Papa, je devine ton sourire d'ici.
A ma sœur mon premier public,
à ma mère pour avoir acheté ce premier disque.
A ma compagne Karine, aussi fan que moi. Quoique…
A ma productrice Martine Tournié, merci d'avoir respecté
mes choix, encore de belles choses à accomplir, si seulement
tous les artistes pouvaient être amis avec leurs producteurs !
A Gérard Sibelle, le premier qui a crû en moi.
Fréderic Benkel pour son travail.
A mes amis, Sébastien (Concept Son), Sonya, Natacha,
Nabil et mes danseurs/es anciens ou nouveaux.
A Géraldine C. et Cédric F., amis d'enfance.
Aux fans fidèles à mes spectacles.

Imprimé en France
ISBN : 978-2-915685-50-9
Dépôt légal : 1e trimestre 2011